JN058171

おとひめさまのうた

さく　いまむらきよみ
ラヘル・ファン・コーイ

てらいんく

マルグリートに

For Margriet

THE SONG OF THE SEA QUEEN

Text by Kiyomi Imamura and Rachel van Kooij.

Illustrations by Shiori Ando. Published by Terra Inc, Kanagawa, 2024.

Printed in Japan.

おとひめさまのうた

もくじ

第1章　日本で

第2章　オーストリアで

第3章　日本で

第1章　日本で

ウミとリク

　ウミはリクより四年さきに生まれた。ふたりの誕生日《たんじょうび》は三月のおなじ日だ。学校の音楽の先生だったママは、今はピアノ教室をひらき、歌もすきだから合唱団《がっしょうだん》をつくった。ウミはリクが生まれたとき、すでにピアノとバイオリンをひくことができ、ママの合唱団《がっしょうだん》のメンバーにもなっていた。

「ウミは小さなモーツァルトだ」おとぎ話の王子《おうじ》さまのように着かざり、不思議《ふしぎ》な白い髪《かみ》の毛の男の子の写真《しゃしん》を見せて、おじいちゃんは言った。

「モーツァルトじゃないわ。ウミは小さなナンネルよ」ママはこたえた。

ナンネルは音楽がすきなモーツァルトのお姉さんだ、とウミはおもった。

「それじゃ、わたしの弟が小さなモーツァルトになるの？」ウミはたずねた。

「そうなってほしいわ」ママは赤ちゃんのリクをだきあげて「ふたりがいっしょなら、とってもすてきな音楽ができるでしょうね」と、あやしながらこたえた。

　だからウミは、リクのベビーベッドのまえでバイオリンを練習した。リクがすわったベビーチェアをよこにおき、ピアノをひき、合唱団《がっしょうだん》でおぼえた歌をうたった。

「ねえ、やってみて」と、ウミはリクの小さな両手をピアノの黒と白の鍵盤《けんばん》に置《お》いてゆかいな歌をおしえた。でもリクは、ピアノをひくのがすきではなかったし、リクの歌声は、おじいちゃんがいじわるく言うには、「ヒバリのさえずりというよりもクマがうなっているみたい」だった。

　ウミがはじめてひいたバイオリンが、リクの小さなうでにぴったりになったとき、リクはバイオリンをはじめた。ウミがつかって小さくなったバイオリンは、すべてリクのものになった。モーツァルトがチェンバロをすきになったように、リクもすぐにバイオリンをすきになった。

「ほらねっ、すぐに作曲《さっきょく》するようになるわ」ママは誇《ほこ》らしげに言ったが、ちがった。

　メロディーをつくるのはウミだ。メロディーはウミの頭にひらめいた。おばあちゃんのおいしいケーキを食べるとき、雪であそんでいるとき、夏の太陽で鼻がむずむずするとき、ウミには音が聞こえてきた。

「わたしの音は物語をつたえているの」とウミはリクに説明《せつめい》した。ふたりが住んでいる都会《とかい》の騒音《そうおん》の物語、砂場《すなば》で声をあげている子どもたちの物語、スーパーでカートをせわしなくガタガタおしている大人《おとな》たちの物語。でもウミがいちばんすきなのは、おばあちゃんの畑からかけおりて、海にいったときに聞こえてくるいろんな音がひびきあってつくられる音色《ねいろ》だ。

だからおじいちゃんとおばあちゃんの家にきたときはいつも、ウミはリクをつれて自然《しぜん》の音をつかまえにゆく「音さがし」をする。海の波、松林《まつばやし》、空《あ》き地《ち》の草、おばあちゃんの野菜畑《やさいばたけ》のすみでエサをつついているニワトリたち、それらをバイオリンで音楽にしながら、ウミとリクは走りまわっていた。

「簡単《かんたん》だから、やってみて。リクの物語をつくってみて」とウミは言った。

でもリクは、ウミの音色《ねいろ》でよかった。


ウミとリクは、いつもふたりであそんだ。

なにをするにも、どこへゆくにも、ウミが決めて、リクがついてゆく。

ウミとリクは、太陽と月のようで、マグネットみたいにくっついている。

名前が「ウミ」と「リク」だからか。

ウミがさきをゆく子で、リクがあとからついてゆく子だからか。

ウミがそういう子で、リクがこういう子だからか。

そういう子のウミは、「なぜ?」と首をかしげ、立ちどまり、どんなこともいつも自分の頭で考えていた。こういう子のリクは、ウミといっしょなら、それだけでたのしかった。リクがウミのあとを追いかけて、いっしょにすごした時間はほんとうに、きらきらかがやいていた。

木と波におしえてあげる

松林《まつばやし》を吹《ふ》きぬけるつめたい風がほおにあたる。もうすぐ春休みがおわるというのに、おじいちゃんとおばあちゃんのくらすこの町の春はおそい。

おじいちゃんとおばあちゃんの家から急な坂道をおりてゆくと、右にもっと急な細い坂道がある。そこをのぼって、赤い鳥居《とりい》をくぐって、石段《いしだん》をさらにのぼると、大きなクスノキがある小さな神社《じんじゃ》につきあたる。行き止りだ。ひきかえして、おりてゆくと道がわかれる。左にまがり、ゆるやかな坂をゆっくりくだると、住宅地《じゅうたくち》のところどころに空《あ》き地《ち》があって、それから松林《まつばやし》へ、そして浜辺《はまべ》へ、海がひろがる。まっすぐの道は中学校へ、右の道は小学校へつづいた。

ときどきウミはわかれ道で立ちどまり、二つの道をいきたそうに見おろした。

「さあ、浜辺《はまべ》へ、松林《まつばやし》であそぼうよ」リクはウミをせかしてさけんだ。「休みだ、休みだ！」

畑、裏山《うらやま》、神社《じんじゃ》、空《あ》き地《ち》、松林《まつばやし》、浜辺《はまべ》、海、すべてがウミとリクのあそび場。なじみのあるものばかりだ。なぜって、夏休み、冬休み、春休みと毎年のように休みになると、おじいちゃんとおばあちゃんのいるこの町にきて、あそんでいたのだから。

「こんなに休みがたのしいから、学校がはじまるのはいやだなあ。ずっとこのまま、この町にいられたらいいのに」と、休みがおわりになるたびに、ウミはつぶやいた。

ウミとリクのお父さんは原子力発電《げんしりょくはつでん》の研究所《けんきゅうじょ》ではたらいていた。発電所《はつでんしょ》は日本全国の海辺《うみべ》の町や村にある。研究所《けんきゅうじょ》でする仕事《しごと》もあるが、原子力発電所《げんしりょくはつでんしょ》のある町や村でなければできない仕事《しごと》もある。家族みんなが、お父さんといっしょにくらしたいなら、お父さんの仕事《しごと》がある町や村にひっこさなければならない。だからこれまでなんども住む場所をかえた。リクは小さかったから、ほとんどおぼえていないけれど。ひっこすたびに見知らぬ土地《とち》で、ママはピアノ教室の生徒《せいと》と合唱団《がっしょうだん》のメンバーをあつめ、あたらしいバイオリンの先生をふたりのためにさがした。

ウミは転校《てんこう》をいやがった。ほとんど毎年知らないところにひっこして、友だちを見つけ、ようやくできた友だちとわかれることのくりかえし。「はなればなれになった友だちに手紙を書くのはいや！」と、ウミは泣《な》いた。学年があがるにつれて、学校をときどき休むようになり、「病気だから」とウミは言った。うそではない。ほんとうに頭が痛《いた》くなった。

ウミが小学校四年間で三つのちがう町でくらしたあと、ついに両親はひっこしをしないと決めた。家族みんなにとってなじみのある、おじいちゃんとおばあちゃんがいるこの町にずっと住むことにしたのだった。

「で、パパは？」とウミはたずねた。原子力発電所《げんしりょくはつでんしょ》がおじいちゃんとおばあちゃんの家から遠くない場所にあったのに、お父さんが遠くの研究所《けんきゅうじょ》で仕事《しごと》をしなくてはならないことがどういうことなのか、ウミはわかっていた。

「パパのことは心配《しんぱい》しないでいいよ。宿舎《しゅくしゃ》に住んで、週末《しゅうまつ》にここに帰ってくるから。渡《わた》り鳥みたいだろ」お父さんはわらってみせた。

「さびしいでしょ」知らない人たちばかりの宿舎《しゅくしゃ》でくらすなんて想像《そうぞう》できない、とウミは心配《しんぱい》だった。

「さびしい？　まさか！　宿舎《しゅくしゃ》には、おもしろい人たちが、ハチの巣《す》のようにたくさんあつまってくるし、とにかく仕事《しごと》がいそがしいからね、きっと早く寝《ね》てしまうさ。それはそれで、しあわせなことだ。だから、おじいちゃんとおばあちゃんの家にひっこすのは、ほんとうにいいことなのさ」

「松林《まつばやし》へ、浜辺《はまべ》へ、走ってゆこうよ」とリクはさけんだ。

「ぼくらがこれからずっとここにいるって、木にも波にもおしえてあげるんだ」

ウミはうなずいて、バイオリンをもちだした。ウミとリクにとって「木と波におしえてあげる」とは、音楽でつたえることだったから。ふたりは坂をかけおりた。

おじいちゃんはほくそ笑《え》んで、お父さんに言った。

「いい決断《けつだん》だった。ウミは鳥のように、つばさをひろげている。田舎《いなか》の大地《だいち》ときれいな空気が、ウミには必要《ひつよう》だったんだ」

「リク、早くぅ」

「ウミ、待ってよぉ」

リクの足はウミより短いから、さきを走るウミについてゆくのはたいへんだ。

松《まつ》の防風林《ぼうふうりん》、ここをぬければ海が待っている。ウミとリクはここで立ちどまる。

ここはふたりだけのひみつの場所、ふたりの音楽のひみつの場所だ。

ウミとリクはもってきたバイオリンをケースからとりだした。ウミの合図《あいず》で、ふたりは弓《ゆみ》を弦《げん》にあてる。

「おしえてあげようよ」とリクがささやいた。

姉と弟はバイオリンをひいて、松林《まつばやし》を音楽でいっぱいにした。その音色《ねいろ》は、風がはこんで、海から聞こえてくる波の音にひびきあった。

弓《ゆみ》をとめて「わかったかなあ」とリクが言った。

「もちろん、わかったはず」ウミがうれしそうにこたえた。

命のじゅんかん

リクが一年生になる六歳《さい》のとき、ウミが五年生になる十歳《さい》のときに、都会《とかい》のマンションを売って、ここでくらすことになった。ここことは、ママのお父さんとお母さんの家、つまり、ウミとリクのおじいちゃんとおばあちゃんの家だ。それは、おじいちゃんのお父さん、そのお父さんのお父さんと、ずっとむかしからある広い土地《とち》に建《た》てられた、古くて大きな二階建《かいだ》ての木の家で、たくさんの部屋《へや》があった。

空気がきれいで、庭も畑もあり、畑では落《お》ち葉《ば》や雑草《ざっそう》や生《なま》ゴミでつくった堆肥《たいひ》をまぜた土で、無農薬《むのうやく》の野菜《やさい》をそだてていた。だからはらぺこ青虫がたくさんいて、レタスやキャベツをのどかに食べていた。おじいちゃんもおばあちゃんも、これでいいと、気にしない。

「命のじゅんかん」とウミは言った。「おばあちゃんのキャベツは青虫のエサになって、青虫はコトリのエサになって、コトリはわたしたちのエサになるの」

「ぼくらはコトリを食べないよ」とリクは口をとがらせた。

「食べるわ」ウミはまちがっていないと言った。

「わたしたちはコトリたちの歌をエサにして、大きくなるの」

「こんなみにくい青虫がおばあちゃんの野菜畑《やさいばたけ》を食べちゃ、いやだ」

ウミはわらった。

「みにくくないわ。青虫はきれいなチョウになるんでしょ」

野菜畑《やさいばたけ》の奥《おく》にある鳥小屋《とりごや》の数羽《すうわ》のニワトリは茶色のたまごを生《う》んだ。ウミとリクはニワトリの世話《せわ》がだいすきだ。

山菜《さんさい》、たけのこ、きのこ、くり、季節《きせつ》のおいしいものを、おじいちゃんとおばあちゃんといっしょにさがしにゆく。

裏山《うらやま》をのぼりながら「沈黙《ちんもく》する春・・」と、おばあちゃんはおもいだしたように、

「春になっても、鳥たちは鳴かなくなったの」と言う。

「春は沈黙《ちんもく》しない」とウミは言いはった。「春はすてきな音でいっぱいよ」

「そうね。でもわたしたちがちゃんとまもらなければ、いつの日か春は沈黙《ちんもく》してしまうわ」とおばあちゃんはかなしそうな顔をして、話しはじめた。

「農薬《のうやく》をつかわないでそだてたキャベツが、青虫のエサになったら、コトリが生きられるの。でもほとんどの人はそうしていない。おじいちゃんもおばあちゃんも年をとっているけれど、できるだけ自然《しぜん》をまもりたいとがんばっているのよ」

リクはまじめに聞いていなかったが、ウミは言った。

「わたしもそうする。ずっとずっとおばあさんになるまで生きて、自然《しぜん》を大切《たいせつ》にまもる。約束《やくそく》するわ」


ひっこした部屋《へや》が片《かた》づいたころ、春休みがおわった。新学期の一日目、ウミとリクはいっしょに右の道をおりて、小学校へいった。はじめての日、ちょっとドキドキしていたリクだったが、一年生のクラスの子たちを見ると、手をふった。

「リクはすぐになじめるわ。ほかのみんなにとっても、今日《きょう》ははじめての学校だもの」とウミはおもった。ウミには、これが四回目の転校《てんこう》だ。でも今回は、ウミにとって、いやじゃない転校《てんこう》だった。夏祭りで毎年会っていたから、クラスの子たちを知っていた。休み時間になると、ウミのまわりに数人《すうにん》があつまってきて、「この町にひっこしてきたんだね！」と言った。でも、ほんとうの友だちはすぐにはできない。ウミのクラスのみんなは、うれしそうにわらってむかえてくれたが、ウミは音楽のことや自然《しぜん》のことを話しあえるほんとうの友だちがほしかった。

転校生《てんこうせい》ソラ

ウミが転校《てんこう》した五年生のクラスに、ソラという男の子も転校《てんこう》してきた。

ある日、ソラがウミに気づいてたずねた。

「いつもひとりだね。転校生《てんこうせい》にとって、大事《だいじ》なことって、なんだとおもう?」

「わからないわ。そんなこと考えたこともない」と、肩《かた》をすくめた。

なぜかウミは、ソラの話しかたがすきだった。

「わたし、もう転校《てんこう》はしないの。これでおしまい。ずっとここにいるの。パパが約束《やくそく》してくれたから。あたらしいクラスになじむのに時間が必要《ひつよう》なだけ。それにわたし、ほんとうの友だちをつくるつもりよ」

「ほんとうの友だち!」ソラはうらやましそうにわらった。

「でも今はまだ、きみはみんなにとって転校生《てんこうせい》だよ。ぼくらがすぐにまた、いなくなるから、なかよくならなくていいと、みんなおもっているよ。クラスのみんなは、ニワトリの群《む》れ、イルカの群《む》れ、ヒツジの群《む》れのようなもの。みんなおなじことがすきで、おなじ話しかたをして、おなじ思い出をもっている。ぼくらがすぐにみんなと仲《なか》間《ま》になりたいなら、みんなのようにしなくちゃね。おなじだよ、というふりだけでもいいんだ。ぼくを見てごらんよ。大事《だいじ》なことはきらわれないことさ。ぼくはみんなの冗談《じょうだん》をわらい、自分からみんなのゲームにはいる。みんなをかえようとはおもわないし、ぼくの考えやおもいに興味《きょうみ》をもってもらおうとはおもわない」

「わたしはふりなんてしたくない」とウミは自分の考えをおしとおした。

「わたしだって、もちろんゲームにはいりたいけど、それよりわたしの音楽をみんなに見せたい。やってみたいミュージカルがあるの。それをどうつくりあげていくかもわかっている。そういうことをみんなに話したい」

ソラは眉《まゆ》をひそめて、ウミを見た。

「それじゃ、すぐに友だちはできないね。みんなに自分たちとちがっているとおもわれるよ。きみが自分の意見を言うなら、だれもちかよってこない。ふりをしていることが転校生《てんこうせい》にはとても大事《だいじ》なんだ。ほんとうの自分をひみつにしているほうがいい。ほんとうの友情《ゆうじょう》なんて時間のむだだしね。どうせぼくは、今回もそう長くここにいないから。あたらしいクラスでたのしくいられるいちばんの方法《ほうほう》は、イージゴーイングガイ、てきとうなやつみたいにふるまうこと。どんなクラスでも、仲間《なかま》にはいれるなら、それでいいんだ」

ソラはそう言ったが、そのさびしそうな笑《わら》い顔《がお》は、ことばとちがうことをウミにつたえていた。

「ソラくんの言ったことは、ソラくんには、正しいことかもしれない」

ウミはおだやかにこたえた。

「けど、わたしはずっとここにいる、ってことはおぼえておいてね。で、わたしは、ソラくんの言ったことが正しいとはおもわない。わたしのおばあちゃんはね、ニワトリを飼《か》っていて、ニワトリは群《む》れでいるけど、一羽一羽《いちわいちわ》ちがっているの。ソラくんが知らないだけで。みんなそっくりに見えるでしょ。だから、ふりをしなくていいの。ふりをしなくても、群《む》れにはいれるのだから。群《む》れにいても、ちがっているのだから。これはほんとうのこと。しんじないなら、わたしのだいすきな絵本を見せてあげる。

ひとりひとりみんなちがっていて、ちがっていることがすてきだってことが、えがいてある本なの」

ウミもまた、おばあちゃんみたいに、本が友だちのようにすきだったし、本について話すのがすきだった。

「ぼくは小さい子どもじゃないんだから絵本なんて」とソラは言った。「ぼくは物語なんてしんじない。科学をしんじているからさ」

でも、ソラはかなしそうな顔をした。ウミにソラのほんとうの声が聞こえてきた。ソラは物語をしんじたかったし、だれかと友だちになりたかったし、ありのままの自分でいたかった。


翌日《よくじつ》、ウミはだいすきな絵本を学校にもってきて、ソラに言った。

「わたしがソラくんとおなじような状況《じょうきょう》にいるから、友だちになれるとおもっていたでしょ。でも、そうじゃないわ。わたしとソラくんはおなじ転校生《てんこうせい》だけど、おなじじゃないのよ」

「ちがうね！」ソラは首をよこにふった。

「きみはなんでもかんでもあれこれ考えすぎる。だからひとりぼっちだ。ぼくはすぐに仲間《なかま》にはいれるけどね」

ウミは本をだきしめていた。

「ひとりでいるのはさびしいとみとめるけど、みんなとおなじふりをしたくない。わたしはわたし。わたしのままでいたい。ソラくんもほんとうのソラくんでいなさいよ。みんなにどうおもわれるかなんて気にしていないで。わたしにちかづいてきてくれたのは、ほんとうのソラくんでいたいからでしょ。友だちになりましょうよ」

ソラはきょとんとして、「はあ?」と言った。

「これ、わたしのすきな絵本、よんでみて」ウミは本をさしだした。

「いらないよ。絵本は赤ちゃんのためのものだ」ソラは言ったが、ウミがきっとにらむと、もって帰った。ソラはウミには言わなかったが、世界中の人々《ひとびと》をカラフルに、えがいたこの絵本をたのしんだ。

それからウミとソラは話をするようになり、ソラはニワトリを見にあそびにきて、いつのまにか友だちになった。おたがいを「ウミ」「ソラ」と呼《よ》んだ。

「わたしは海。ソラは空。弟のリクは陸《りく》。三つは水でつながっているとおもうの。空から雨がふって、陸《りく》におちて川にながれ、海にそそぐ。海の水は、おひさまの光をあびて雲になって、空にもどり雨がふる。つながっているでしょ。おわりのないサイクルみたいに。わたしたちの名前は特別《とくべつ》なサイクル、水のじゅんかんよ」

話の方向《ほうこう》がわからないという顔で、「はあ?」と、ソラはいつもの反応《はんのう》をしたが、ウミの自然《しぜん》を大切《たいせつ》にしなければという、やけどしそうなほどの熱《あつ》いおもいを、ソラはみとめていたし、そういうウミがほんとうはだいすきだった。

ソラは学期の途中《とちゅう》で、また転校《てんこう》することになった。

「ぼくのパパはほかの発電所《はつでんしょ》で仕事《しごと》をすることになったんだ。放射能《ほうしゃのう》のことでなにか問題が起きたらしい。パパは解決策《かいけつさく》を見つけなければならなくて。ママとぼくはパパについていくんだ」

「解決策《かいけつさく》!」ウミは怒《おこ》って声をあらげた。「解決策《かいけつさく》なんてないわ! 放射能《ほうしゃのう》は農薬《のうやく》よりおそろしいものなのよ。ソラとはこのことをなんども話しあってきたでしょ。聞いていなかったの? おじいちゃんとおばあちゃんは農薬《のうやく》なしで野菜《やさい》をそだてていて、農薬《のうやく》は健康《けんこう》に悪いっていつも言っているわ。だから化学物質《かがくぶっしつ》をつかわないのよ。わたしはね、地球のすべてのものはつながっているとわかったの。わたしたちは地球にやさしく、自然《しぜん》を大切《たいせつ》にまもっていかなければならない。農薬《のうやく》は土だけでなく、川や海も汚染《おせん》するの。放射能《ほうしゃのう》は農薬《のうやく》よりもっと悪いものよ。だって、見えないでしょ。においもないし、味もしない。サイレントキラー、姿《すがた》なき殺人者《さつじんしゃ》よ」

「ウミ、そうじゃないよ。放射能《ほうしゃのう》は発電所《はつでんしょ》のなかでたくわえておく方法《ほうほう》があるんだ。ぼくのパパもウミのパパもそれをずっと研究《けんきゅう》しているんだ。問題が起きても解決策《かいけつさく》を見つけるさ。ぼくらのパパたちはいつもそうしている。とにかく原子力発電所《げんしりょくはつでんしょ》は、よごれた煙《けむり》で空気を汚染《おせん》していないってことは、わすれないでよ」ソラは言った。

ウミはソラの考えかたがわからなくて、不協和音《ふきょうわおん》のような不和《ふわ》をかんじたが、それでもふたりは友だちだった。

「はなれていても、ソラの頭のなかをもっと知りたいから、連絡《れんらく》してね」

ソラはほっとしてわらった。

「意見がちがったから、ぼくらの友情《ゆうじょう》はおわったんじゃないかとおもったよ」

「ぜったいそれはない」ウミは言った。「手紙、ちょうだいね」

そう言ったのに、ウミはなやんでいた。ソラの考えがまちがっているとおもってしまうことが、いやだった。ウミがおばあちゃんにソラとのことを話すと、おばあちゃんは静《しず》かにこたえた。

「音楽だったらって、考えてごらん。どんなハーモニーでもうつくしいけれど、それだけではちょっと退屈《たいくつ》ね。どういうことか、ウミにはわかるでしょ。それなら、もっとおもしろくなる曲をつくってみたらどうかしら。いろんな音があるのだから、ひびきあわない音をいれてみて、不協和音《ふきょうわおん》のハーモニーをためしてみるのよ」

ウミはこのころから、ひびきあわない音にも、興味《きょうみ》をもつようになった。「音さがし」で、リクにも「耳に心地《ここち》よくなくても、おもしろいから、耳をすませてみよう」と言うようになった。

それからすぐに、おじいちゃんとおばあちゃんは、ウミがつくった不協和音《ふきょうわおん》の短い曲を聞いてたのしんだ。

「くつのなかで、つま先が、きゅっとちぢむ」と、おばあちゃんはほめた。

おじいちゃんはそのとおりとわらいながら「口のなかで、歯が・・」と言った。

「ウミの曲を聞いていると、はじめは小川とおひさまが見えたよ。ぽかぽか晴れた日で、雪いちめんの白い畑があって、ところが、はらぺこ青虫が、おばあちゃんのキャベツをガツガツ食べはじめて、それから、あらしの雲なのに輪《わ》をえがいて飛《と》ぶ鳥たち、ときどき火山《かざん》が、空にむかって花火《はなび》をうちあげているみたい。はじめのほうの音もすきだけど、あとのほうもだいすきだよ」とリクは言った。

ハーメルンの笛《ふえ》吹《ふ》き男と浦島太郎《うらしまたろう》

この町にきてから二年がすぎた。三年生になったリクは、これまでとおなじように小学校へいくが、ウミは中学一年生になり、制服《せいふく》を着て中学校へいった。

三月は学年の最後《さいご》の月だ。リクのいる小学校では、六年生が卒業《そつぎょう》し、ウミのいる中学校では、三年生が卒業《そつぎょう》する。わかれの季節《きせつ》だ。

ウミはおわかれ会の準備《じゅんび》を夢中《むちゅう》でやっていた。えらんだのはグリム童話《どうわ》から『ハーメルンの笛吹《ふえふ》き男』だ。ミュージカルにしたくて、セリフにメロディーをつけた。ラストシーンは子どもたちが男につれさられるのではなく、目的《もくてき》があるからついてゆく。子どもたちは地球の未来《みらい》をすくうためにあつまったのだ。笛吹《ふえふ》き男を先頭《せんとう》に子どもたちは海の底《そこ》へむかう。

「ねえ、いい考えだとおもわない？」ウミは自信《じしん》たっぷりにリクにたずねた。

リクは眉《まゆ》をひそめた。姉と意見がちがった。

「笛吹《ふえふ》き男はおとぎ話だよ。なぜ大人《おとな》の問題を子どもたちが海の底《そこ》で話しあうの？　海の底《そこ》じゃあ、息ができないよ。水のなかじゃあ、話しあいはできないよ。それって科学的《かがくてき》じゃないよね？」

そうたずねるリクのことばが、ウミには、二年まえのソラのように聞こえた。

「ミュージカルは科学じゃない。物語よ」ウミは説明《せつめい》しようとした。

「大切《たいせつ》なメッセージをこめられるのが物語なの。わたしたちの未来《みらい》はわたしたちで決める、子どもが決める！　それがわたしのつたえたいこと。それには海の底《そこ》はぴったったりの場所よ。だって自然《しぜん》はこわされつづけているのよ。オーストラリアや沖縄《おきなわ》の死んでいくサンゴ礁《しょう》のことを考えてみて」

「でも、おとぎ話をだめにしているよ」リクはちがうと言った。

「わかっているけど、わたしはむかしながらのおとぎ話でみんなをよろこばせるつもりはないの。イスにすわって、ちゃんと未来《みらい》のことを考えはじめてほしいの。人々《ひとびと》がたがいに争《あらそ》いあう、汚染《おせん》された地球でわたしの子どもをそだてたくない。戦争《せんそう》や自然《しぜん》災害《さいがい》で食べものがなくなって、たくさんの人たちが住んでいた場所から、にげださなければならないと、ニュースで言っているわ」

「でも、ここはちがう！」リクはきっぱりと言った。

「ぼくらは平和にくらしているし、おじいちゃんとおばあちゃんは畑や庭を大切《たいせつ》にまもっているし、自然《しぜん》をこわしていない」と、にっこりわらった。

「未来《みらい》をそんなふうにこわがらないで。いいお話にしようよ」

「リクにはまだわからないんだわ」とウミはおもった。だから海外《かいがい》ニュースを見て、心にのこったおそろしい映像《えいぞう》のことをリクにぜんぶ話さなかった。リクには未来《みらい》を不《ふ》安《あん》におもわないでほしいとねがっていたから、ウミは言った。

「ありえないことでも、ほらねっ、子どもたちみんなが海の底《そこ》で出会うの。世界中からあつまって、モーツァルトとインドとアラブの音楽に、日本からのわたしの音楽で、ハーモニーをかなでるのよ。空想的《くうそうてき》ですてきな不協和音《ふきょうわおん》のハーモニーができあがるでしょう。それを大人《おとな》たちに見せて・・」

「わかった！」リクはさけんだ。「みんながあつまって話しあって、いっしょになにかをしたら、不協和音《ふきょうわおん》のひびきと音色《ねいろ》がハーモニーになる。それならわかるよ」

「そうよ」とウミは言って、リクが物語をきらいにならなくてよかったとおもった。

音楽で友だちに、これなら、リクにもわかる。ウミは中学生になってから、リクにはチンプンカンプンのむずかしいことばをつかうので、四年の差《さ》がますます大きくなったみたいで、リクはときどき、ウミが遠くにいるようにかんじることがある。ウミには話さなかったけれど。

でもウミは、リクの気持ちがわかっていた。だから小さいころとかわらずに、ノックもしないで、毎日のように、リクの部屋《へや》にいきなりはいってきた。

「この曲どうおもう？」

「リクのバイオリンでちょっとひいてみてよ」

「この歌詞《かし》にかえてみたの。どう?」

「一階《かい》におりて、ピアノでやってみよう」

「うん」とうなずき、リクはウミのあとをついてゆく。ウミといっしょにミュージカルをつくっているようで、リクはうれしかったし、ちょっと誇《ほこ》らしかった。

リクがいたから、ウミの物語のセリフは自然災害《しぜんさいがい》のことだけにならなかった。


ウミがおわかれ会の準備《じゅんび》をしているあいだ、リクの小学校の三年生は、毎年の劇《げき》『浦島太郎《うらしまたろう》』のけいこをしていた。リクはカメの役だ。

浜辺《はまべ》で村の子どもたちにいじめられているカメを太郎《たろう》がたすける。

「ありがとう。お礼に、竜宮城《りゅうぐうじょう》のおとひめさまのところへ、つれていってあげます」

背中《せなか》に甲《こう》らをつけてカメになったリクは、太郎《たろう》をのせて、海の底《そこ》へもぐってゆく。

ウミは五年生のとき、この町に転校《てんこう》してきたから、『浦島太郎《うらしまたろう》』の劇《げき》をしなかった。

「リクがうらやましい。わたしもカメになりたかったわ」と、ウミは言った。

「ウミはおとひめさまだ」リクはこたえた。「だって、いつも特別《とくべつ》な女の子がおとひめさまの役にえらばれるんだよ」

リクもウミも劇《げき》をたのしみにしていた。でもリクが浦島太郎《うらしまたろう》をおとひめさまのところへつれてゆくことはなかったし、ミュージカル『ハーメルンの笛吹き男《ふえふ　おとこ》』が上演《じょうえん》されることもなかった。あの日がきたから。

つなみ

ぐらっと体が大きくゆれた。リクのクラスはおわりの会をしていた。

「地震《じしん》だ！」

リクはイスの座布団《ざぶとん》にしていた防災頭巾《ぼうさいずきん》をかぶって、机《つくえ》の下にもぐりこんだ。年になんどか避難訓練《ひなんくんれん》をしていたので、クラスのみんなはあわてずにできた。避難訓練《ひなんくんれん》とは、「火事になったら、地震《じしん》がおきたら、つなみがきたら」などの災害《さいがい》におそわれたら、どう行動するのかを練習しておくことだ。でも、じっさいと訓練《くんれん》はちがう。じっさいは、ずっとずっと長いあいだ、ほんとうにゆれていた。

「もう、だいじょうぶ」とリクがおもったとき、また大きくゆれた。

リクはこわかった。机《つくえ》の下でミナは泣《な》きだしていた。リクは左手で机《つくえ》の足をつかみ、右手をよこにのばして、ミナの手をぎゅっとにぎってあげた。

しばらくしてゆれがおさまると、エミコ先生が校庭《こうてい》へでるようにと言った。教室からでるとき、避難訓練《ひなんくんれん》ならいつも、ふざけてさわいでばかりいたアキラもケンジも、泣《な》きそうな顔をしていた。校庭《こうてい》で、学年にわかれ、クラスにわかれ、生徒《せいと》たちは体育の時間のようにきちんとならび、先生たちが人数《にんずう》をかぞえた。一年生はすでに下校《げこう》していたし、帰ろうとしてまだ下駄箱《げたばこ》にいた二年生の数人《すうにん》が校庭《こうてい》にならんだ。

リクのまえにならんだシノブは、もっていた粘土《ねんど》を仏像《ぶつぞう》にして、「なむあみだぶつ、なむあみだぶつ」とくりかえしていた。


町の防災無線《ぼうさいむせん》の声が聞こえた。

「つなみがきます。つなみがきます。海から遠くへ高いところへ、にげてください」

校長先生を中心に輪《わ》になって、先生たちがあつまって話しあっていた。

「みなさん、校庭《こうてい》から校舎《こうしゃ》にもどってください。階段《かいだん》で屋上《おくじょう》にあがります。おちついて行動してください」と先生が拡声器《かくせいき》をつかって言った。

校舎《こうしゃ》は三階建《がいだ》て、屋上《おくじょう》はその上にある。六年生を先頭《せんとう》に、数人《すうにん》の二年生、三年生と四年生と五年生、順番《じゅんばん》に、屋上《おくじょう》への階段《かいだん》をかけあがった。

町の人たちが学校にむかって、急いであつまってくるようすが屋上《おくじょう》から見おろせた。さっきまでリクがいた校庭《こうてい》に町の人たちが避難《ひなん》してきていた。校長先生と六年生の先生は、屋上《おくじょう》にあがるようにと、にげてきた人たちに呼《よ》びかけていた。校舎《こうしゃ》の階段《かいだん》は人でいっぱいなのだろう。外の非常階段《ひじょうかいだん》をつかうようにと、先生たちが大きく手をあげて、さけんでいた。

「なぜ校庭《こうてい》は安全《あんぜん》じゃないの？　なぜ屋上《おくじょう》にぼくらはいるの？　海はむこうにあるのに。ぼくらのところにくるはずない」リクは先生に質問《しつもん》したかった。

でもリクが口をひらくまえに、生徒《せいと》たちがさけび声をあげた。

「海が！」

海の水が一瞬《いっしゅん》ひいてなくなったように見えた。つぎの瞬間《しゅんかん》、海が黒くもりあがり、まるでお風呂《ふろ》のお湯が浴槽《よくそう》からあふれたように、波がおしよせていた。細いマッチ棒《ぼう》のように松林《まつばやし》も電柱《でんちゅう》もあらあらしい波にのまれている。車があっというまに洪水《こうずい》にのみこまれ、家がおもちゃのようにくるくるまわってながされてゆく。

イワオが「ああっ」と声をあげて、ユキが「わあっ」としゃがみこんだ。エミコ先生がふたりをだきしめた。イワオくんの家もユキちゃんの家もあそこにあったのだろうか、とリクはおもった。

つめたい風がひゅうと吹《ふ》いて、空から白い粉雪《こなゆき》がまいおりてきた。

「早く！早く！」四年生と五年生の先生たちが校庭《こうてい》にいる人にむかってさけんでいた。つなみはものすごいスピードでおしよせてきたが、屋上《おくじょう》にいた人の命はまもられた。

ウミはどこ？

リクはずいぶん待っていた。ようやくおばあちゃんがリクを学校にむかえにきた。おばあちゃんの手をしっかりにぎって帰ろうとしたとき、リクは学校の友だちの視《し》線《せん》を背中《せなか》にかんじた。ここにいる何人《なんにん》の子どもたちがむかえにこられない両親を待つことになるのだろうか。

こわれたブロック塀《べい》のかけら、ひっくりかえった車、木の幹《みき》、なんだったのかわからないもの、がれきのあいだを、おばあちゃんとリクは道をさがして足をおろし、ゆっくり歩いた。リクは地面に人がよこたわっているのを見た。うごかないで奇妙《きみょう》なかたちで、よこになっているだけ、まるでぞっとするようなゲームをした巨人《きょじん》に空中《くうちゅう》になげられたみたいだった。

「リク、見ないで」おばあちゃんはなんども言いつづけた。「子どもにはおそろしすぎる。目をとじているのよ。つれていってあげるから」

幸運《こううん》にもつなみは高台にあったリクの家をのみこまなかった。古い家だったが、地《じ》震《しん》の大きなゆれでもこわれなかった。どの部屋《へや》も棚《たな》からいろんなものがおちて、電気もガスもつかえず、水もでなくて、たいへんだったけれど、リクの家族にはとどまるところがあった。海に近い子どもたちのように家をうしなわなかった。

リクはあたりを見まわした。

「ママとおじいちゃんとウミはどこにいるの?」声はふるえていた。

おばあちゃんは孫《まご》をだきしめて言った。

「おじいちゃんとママは、ウミをつれて帰ってくるから。すぐにもどるわ」

おばあちゃんはほんとうにおそれていることを口にだせなかった。今日《きょう》は卒業式《そつぎょうしき》のまえの日だから、明日《あした》の準備《じゅんび》のために、中学生は午後から学校が休みだった。つなみのとき、ウミが浜辺《はまべ》で、ミュージカルの練習をしていたことを、おばあちゃんは知っていた。

「そうだよね」とリクはこたえたかったが、そうしなかった。リクもウミがどこにいたかを知っていたから。そのかわりに「おばあちゃん、ウミはすごく早く走れるし、それに水泳が上手《じょうず》だよね」と言った。

おばあちゃんはほほ笑《え》もうとした。

「そうだったわ。ウミがつなみからにげてくれていることをねがっていましょう」

でもウミはママとおじいちゃんといっしょに帰ってこなかった。暗くなってなにも見えなくなるまで、ママとおじいちゃんはウミをさがした。

「明日《あした》またさがすわ」ママは青ざめたつかれきった顔をして言った。「見つかるまで、さがしつづける」

一刻《いっこく》も早く帰りたかったパパが、ようやく研究所《けんきゅうじょ》からもどってきて、ママとおじいちゃんといっしょにさがしつづけた。つぎの日もつぎの日も・・。

ウミは見つからなかった。

ついにパパとママはあきらめて、リクにつたえた。

「ウミはおとひめさまになって海の底《そこ》にいる」と。

そして、「うけいれなくては」と言った。

つぎの日もつぎの日も

あの日の地震《じしん》とそのあとのつなみで、原子力発電所《げんしりょくはつでんしょ》が事故《じこ》を起こした。放射性物質《ほうしゃせいぶっしつ》が大量《たいりょう》にまきちらされ、空も陸《りく》も海も汚染《おせん》された。発電所《はつでんしょ》から半径《はんけい》二キロ、三キロ、十キロ、二十キロ、三十キロと、急いで避難《ひなん》しなければならない人たちがふえていった。今避難《ひなん》しなければならない人たちのためではなく、遠くの都会《とかい》の人たちのために、電気をつくっていた発電所《はつでんしょ》の事故《じこ》だった。

　放射能《ほうしゃのう》はおおぜいの人たちに暗い影《かげ》をおとす見えないモンスターのようだ。

「この影《かげ》は追いかけてくるのをいつやめるのだろう。どこでやめるのだろう」

　つぎの日もつぎの日も、役所の放射能《ほうしゃのう》汚染《おせん》地図《ちず》にぬられた赤色やオレンジ色の場所がどのようにひろがっていくのか、人々《ひとびと》はじっと見つづけた。

「この危険《きけん》なところからにげなさい！　ここにいてはだめ、早くにげて！」地図《ちず》がつたえていた。「待っていてはだめ、放射能《ほうしゃのう》が体に害《がい》をあたえないうちに、避難《ひなん》して！」

　リクの町は、地図《ちず》のうえでは、赤色でもオレンジ色でもなく、にげなくていい場所にある。でもほんとうに安全《あんぜん》なのだろうか。ひろがってゆく汚染《おせん》された空気は、見えないし、においもないし、味もない。

　つなみのせいで、リクの小学校の教室や体育館《たいいくかん》を避難所《ひなんじょ》にしていた人は、もっと高台にある公民館《こうみんかん》にうつって、仮設住宅《かせつじゅうたく》ができるのを待つことになった。

「でも待つのがいいの？　ここをでて、あたらしい未来《みらい》をつくるほうがいいのでは？」と、この町をはなれる人もいた。

おわかれのあいさつもしないで、リクのクラスで何人《なんにん》かが転校《てんこう》していった。つぎの日もつぎの日も、その子の席《せき》は空《あ》いたままだった。

春休みまえの最後《さいご》の日に、エミコ先生は「住所がわかったら、みんなにおしえますから、ひっこしていったお友だちに手紙を書いてあげてくださいね」と言った。

はなれなければならない理由《りゆう》がわかっていたから、リクはうなずいた。

リクの両親もおじいちゃんもおばあちゃんもこれからのことを話しあった。

「どこへいっても、かなしみからにげられない。それに、ここをはなれたら、家までもなくしてしまうことになる」とおじいちゃんが言ったことで、これからもここでくらすことになった。

話してもなにもかわらない

この町のだれもが、ここにいるか、はなれるかをえらばなければならなかった。かなしみを心にかかえたまま、さってしまう人。かなしみを心にうめたまま、ここにとどまる人。決めたら、大人《おとな》はみな、あの日のことを語ろうとしなかった。話してもなにもかわらない、と言っているようだ。あの日、なにが起きたのか、だれも語ろうとしなかったし、だれもたずねなかった。口にださないことは、たずねてはいけない。傷《きず》にさわらないで、絆創膏《ばんそうこう》をはって、待つ。

リクの家も、クラスも、学校も、町じゅうが、深い沈黙《ちんもく》につつまれた。だまっているのに、かなしみの声がリクには聞こえてくるようだ。

春休みが少しあって、四月にリクは四年生になった。がれきの山を見ながらすごす毎日は、だれもがあの日のつなみを起こした海のこわさをおもいだしているはずなのに、どうすればわすれられるのだろうか。授業中《じゅぎょうちゅう》にがれきをとりのぞく騒音《そうおん》が外から聞こえてくる。

イワオの家も、ユキの家も、海辺《うみべ》に住んでいたほかの子たちの家も、つなみでながされているはずだ。仮設住宅《かせつじゅうたく》から学校へかよっているのだろう。家も、おもちゃも、ぜんぶなくなったのに、みんな元気に見える。なにも起こらなかったかのように校庭《こうてい》を走りまわっている。

「どうってことないよ」「だいじょうぶ」「元気だよ」というふりをしているだけだ。大人《おとな》の背中《せなか》に「弱音《よわね》をはかないで、泣《な》かないで、がんばれよ」と書いてあるみたいで、子どもはそうするしかない。

ほんとうは、ウミのいない毎日はさびしい。

ほんとうは、ウミがひとりでつめたい海の底《そこ》にいるとおもうとつらい。

ほんとうは、海がこわい。波がこわい。水がこわい。

リクは大人《おとな》がほんとうのことを言っているとしんじたかった。なにも話さないことが、あの日のことをわすれさせてくれて、かなしみをやわらげてくれるとしんじたかったが、なにも話さないことは、かえって、あの日をわすれられず、かなしみが大きくなるばかりだった。

あの日の原子力発電所《げんしりょくはつでんしょ》で起きた事故《じこ》で、リクのお父さんは仕事《しごと》がいそがしくなり、家にあまり帰ってこなくなった。ウミが待っていない場所に帰るより都会《とかい》の宿舎《しゅくしゃ》にいて、週末《しゅうまつ》もはたらくほうが、お父さんにはいいようだ。リクにはそう見えた。

お母さんは仮設住宅《かせつじゅうたく》で音楽のボランティア活動を熱心《ねっしん》にするようになった。

「あの子たちは音楽でなぐさめられるの」お母さんがそう言うので、リクは「あの子たちのところにいかないで、ぼくをだきしめて」とは言わなかった。それはわがままにおもえた。あそこにいる子のだれかは、お母さんかお父さんか、お母さんもお父さんもいなくなって、親戚《しんせき》の人と仮設住宅《かせつじゅうたく》にいるのだから。

おじいちゃんは、いつもの冗談《じょうだん》と皮肉《ひにく》な口ぶりがきえて、だまりこんだ。

笑顔《えがお》がきえたおばあちゃんは、本をよむことをやめて、いつ帰ってきてもいいように、もどったらくつろげるようにと、いつもウミの部屋《へや》をきれいにそうじしていた。おとぎ話のようなことが起きて、ウミが海の底《そこ》の竜宮城《りゅうぐうじょう》からもどってくるかもしれない。おばあちゃんはそうおもっているみたいだった。

みんな自分のことにせいいっぱいで、だれもリクを見ていなかった。

ノート

ウミの部屋《へや》にはいることをさけていたリクは、ある日、決心《けっしん》して、家でひとりになるのを待った。「はいっていいわよ」というウミの声が聞こえないことはわかっていたが、リクはノックして戸をあけた。ウミのベッドカバーの上に、本番の日にミュージカルで着るはずだった衣装《いしょう》がかさねてあった。おばあちゃんが花をかざっておいたのだろう。机《つくえ》に小さな花びんがあった。そのよこに青いノートが見えた。

リクはノートにはじめて気づいた。なかを見てはいけないとわかっていたが、どうにもならなかった。リクはそっと部屋《へや》にはいって、ノートを手にとり、ページをぱらぱらめくった。

○月○日からはじまる日記帳《にっきちょう》のようなページもあれば、「耳をすませて―ひびきあう音とひびきあわない音」「音符《おんぷ》をたてによむ」「音楽は共通《きょうつう》のことば」「ちがっていても、わかりあえる」「かなしみはふれてはいけないもの」「水のじゅんかん」「未来《みらい》はわたしたちがつくる―子ども国連《こくれん》」などとタイトルをつけて書きはじめるページ、詩を書いたページ、音符《おんぷ》のページもある。なんでもありのなんでもノートだ。
「よんではいけない」とリクはおもったが、やめられなかった。まるでウミがもどってきて、リクに話して、ウミの考えやおもいをわかちあっているようだった。リクはノートをもったまま、自分の部屋《へや》にもどった。おばあちゃんに気づかれて、たずねられたらどうしょうと心配《しんぱい》だったが、それはなかった。

リクはさびしくてつらいとき、くりかえしくりかえしページをひらいてよんだ。ページをひらきながら、なんどもなんども泣《な》いたが、「それでいいのよ」と、ノートは言っているようだ。「勇気《ゆうき》をもって立ちむかって」とは、言っていない。ウミは不《ふ》安《あん》やさびしさではなく、よりよい未来《みらい》のための夢《ゆめ》をつたえていた。

なんどもなんどもよむたびに、ウミとおなじ問いを、リクは「なぜ?」と自分に問い、ウミがしていたように、自分の頭で考えはじめた。

ノートの最後《さいご》のページに絵があった。『ハーメルンの笛吹《ふえふ》き男』のラストシーンのようだ。とてもていねいにえがかれていた。海と並行《へいこう》に一直線に子どもたちが男のうしろをついてゆく。子どもたちはひとりひとりちがう。ウミのすきな絵本みたいに、体のかたちも、肌《はだ》の色も、髪《かみ》の色も、服装《ふくそう》も、ちがっている。

あれ？　なにかもってる？　バイオリンだ！　それからビオラ、チェロ、コントラバス。フルート、オーボエ、クラリネット、ファゴット。ホルン、トランペット、トロンボーン、チューバ。笛吹《ふえふ》き男の手にあるのは指揮棒《しきぼう》だ。オーケストラ！？

「海をこえて」と書いてある。どういうこと？

なぜ今まで気づかなかったのだろうか。ウミが反対のページにのりづけしたうつくしい湖の写真《しゃしん》は、ただの写真《しゃしん》ではなかった。パンフレットだった。リクはていねいにページからそれをとりはずして、ひらいてみた。

「―国際少年少女《こくさいしょうねんしょうじょ》オーケストラの団員募集《だんいんぼしゅう》―オーストリアのザルツカンマーグートで夏の音楽合宿《おんがくがっしゅく》に参加《さんか》しよう！」とパンフレットにあった。

パンフレットがつたえたいこと

ウミはオーストリアにいきたかったのだろうか。ウミはリクにもパパやママにもおじいちゃんやおばあちゃんにもなにも言わなかった。

「ウミ、なぜ、ぼくに言ってくれなかったの？　なぜ、そんな遠いところへいきたかったの？」とささやきながら、リクの心はこたえを知っていた。


ウミはひとりで演奏《えんそう》するより、だれかと演奏《えんそう》するほうがすきだった。ひとりでうたうより、うつくしいハーモニーの合唱《がっしょう》がすきだった。

「音符《おんぷ》をよこによんでいくから、メロディーになるの。音符《おんぷ》をたてによんで、ゆっくりひいてみて。音がかさなりあって、うつくしいひびきが聞こえるでしょ。まるで時間が止まったみたいに」リクはウミのことばをおもいだした。ピアノのイスにならんですわり、ひびきあう音を見つける「音さがし」をした。ひびきあわない音を見つける「音さがし」も。家の外でも松林《まつばやし》でも、ウミとリクは「音さがし」であそんだ。

ウミがいつもリクに話しかけていたこと、リクがわすれようとしていたことが、このパンフレットで、今、よみがえった。

「リクはどんな音色《ねいろ》をだしたいの？」

「目の見えない人は、波の音も、風の音も、どんな音でも、ひろうのよ。耳の聞こえない人は、音のない音さえも、ひろうかもしれない。目をとじて、心をのぞいて、耳をすませてみて。なにかが聞こえてくるはずよ」

「弓《ゆみ》を弦《げん》にあてて、おもいえがいた音をだしてみて。その音でメロディーをかなでるのよ。リクならできる。才能《さいのう》があるもの」

ウミがほんとうにリクに話しているかのように、そのときの記憶《きおく》が、とつぜん部屋《へや》いっぱいにひろがった。

才能《さいのう》がある、と言われたリクが、バイオリンをひけば、ウミといっしょの時間をすごせるのかもしれない。もしウミがサッカーをすきなら、リクはサッカーをしていただろう。ウミがいない今、リクは音楽をやめた。それはリクにとって音楽が、ウミがいなくて、ひとりぼっちだと、もっとかんじてしまうものだったから。

リクはパンフレットをじっと見つめた。オーストリア？　モーツァルトが生きて、バイオリンをひいて、作曲《さっきょく》していた国じゃなかった？　ウミはそこのオーケストラにはいりたかったのだと、リクはおもった。でもウミは今、海の底《そこ》にいるのだから、海をこえていくことはできない。

「けど、もしかしてリクがいく、ってのは、どうなの？」リクの心にウミの声が聞こえた。「もしかしてリクがえらばれる、ってのは、どうなの？」

「それはないよ。ぼくはそれほどうまくないし、とにかくウミがいないのに、バイオリンなんて、ひきたくないよ。ぼくは音楽をやめたんだ」とリクがささやいた瞬間《しゅんかん》、ウミがかなしんでいるとかんじた。「ごめん。でもぼくは、ウミがいなくては音楽ができないんだ」リクは心のなかでウミに言った。

「けどね、リク。リクがいくなら、わたしもいっしょについていける。リクの心とリクの音楽が、わたしをつれていってくれるのに。リクはわたしの望《のぞ》みをかなえることができるのに。おねがい、リク、やってみて」

夢《ゆめ》をもつ

リクはふたたびバイオリンをひきはじめた。ウミがだれにも知らせなかった夢《ゆめ》をリクはかなえたかった。そしてリクの音楽がゆっくりとリクの痛《いた》みをいやしていった。

バイオリンとなら、つなみのことを話せると気づいたリクは、怒《いか》り、かなしみ、さびしさをメロディーにかえた。この音色《ねいろ》のことを、この音のひびきのことを、ウミならどう言うのか、いつもおもいえがくことができた。

「ほんとうにものすごく大きくて危険《きけん》な波のように聞こえるわ。どうかんじたかをそのままに。なにかもっとつめたいかんじで」

「家がこわされてゆく音をつくれる?」

「ママとパパと、おじいちゃんとおばあちゃんがいっしょにいるのに、わたしのことを話さないのは、今のこの音でしょ? ねえ、わかる?」

もちろん、リクはわかっていた。

ウミは「練習をわすれないで。わたしはオーストリアにいきたいの。リクもいっしょだよ」と言いつづけた。

リクがいっしょうけんめいバイオリンを練習するようになったことに、おばあちゃんがまず気づいて、「また、はじめたのね。とてもうれしい」と言ってから、「リクのつくったメロディーは特《とく》にいいわ」とほめた。

「ぼくのメロディーはつなみとウミのことなんだ」リクはうちあけたかったが、できなかった。大人《おとな》はあいかわらず、あのことはわすれるべきだと、おもっていたから。

そのかわりに、リクはパンフレットを見せて「オーストリアにいきたい」と言った。

「夢《ゆめ》をもつのは、いいこと」とおばあちゃんはこたえて、リクの音楽で、かなしみをなぐさめられたみたいに、にっこりわらった。

おばあちゃんは心のなかで「ウミもそうしたかっただろうね」とつぶやいた。ほかの子どものように、つなみのことをわすれて、リクにしあわせになってほしいと、ねがっていたから、口にだすことができなかったけれど。

その晩《ばん》、おばあちゃんはおじいちゃんに「音楽はいいわね。リクをまた元気にして、夢《ゆめ》をあたえたわ。リクをはげましてあげましょうね」と、つたえた。

ときどきおじいちゃんが、ウミのように、ノックもしないで部屋《へや》にはいってきた。

「オーストリアはドイツ語の国だ。ドイツ語の勉強をはじめよう。そのうち学校でもならうだろうが、英語《えいご》もついでにやろう。リクは耳がいいから、耳でおぼえよう。まねて、まなぼう」

おじいちゃんは冗談《じょうだん》を言ういつもの顔で、とつぜん口から音をひびかせた。

「にげださずに、まなぼう。ラーン！　ドント、ラン！　英語《えいご》だ。さあ、聞こえたままを言ってごらん」

リクがこのフレーズを正確《せいかく》にくりかえすと、おじいちゃんは「R」の発音をほめ、ドイツ語の文の下に、英語《えいご》が書いてある『英語版《えいごばん》、ドイツ語をまなぶ』という題名《だいめい》の絵本のようなテキストをひらいて見せた。

「おじいちゃんはやさしくて、おもしろい、マイン　オーパ　イスト　ネット　ウント　ルスティヒ。さあ」

それはおかしなひびきだったが、おじいちゃんは「わらわないで、聞こえたままをくりかえすんだ」と言った。リクはそうした。

「そう、そのとおり、リヒティヒ！　グート。これがドイツ語だ」と、おじいちゃんは満足《まんぞく》そうにおしえた。

「これを英語《えいご》では、マイ　グランパ　イズ　カインド　アンド　ファニー」

こんな調子《ちょうし》で、リクはおじいちゃんとドイツ語と英語《えいご》の勉強をした。それからすぐに、テキストだけでなく、ドイツ語と英語《えいご》のラジオ番組を聞いて、映画《えいが》を見て、たくさんのことばをまねてまなんだ。


音楽がリクをすくったように、おしえることがおじいちゃんをすくった。

おじいちゃんはちょっとした冗談《じょうだん》をまた言うようになった。

そして数か月後、おじいちゃんは、パパとママに、皮肉《ひにく》な口ぶりで言った。

「ときどき首をかしげたくなるよ。リクの親は、はてさて、どこにいるのか」

リクの両親はショックをうけて、おもいあたるような顔をしたが、おじいちゃんはさらにつづけた。

「リクの父親は仕事《しごと》と結婚《けっこん》したようだし、母親はわが子をほったらかしで、子どもの群《む》れを養子《ようし》にむかえたようだね。そうだ！　リクのためにあたらしい両親をさがすほうがいいようだ」

ママは声をあげた。

「えっ、なんてひどいことを言うの！　リクの母親はわたしよ」

「そして、このわたしが父親だ」リクのパパも怒《おこ》って言った。

現実《げんじつ》

パパが家に帰ってくるようになった。パパとママが言いあう声が聞こえた。リクはいやだった。「聞きたくない」と心のなかでさけんだ。「大人《おとな》なのだから、自分たちで解決《かいけつ》して、自分のやりたいことをやっていてよ」

そして数か月後、両親がリクの部屋《へや》をノックした。

「リク、ちょっといいかい？」と、パパだった。

「うん」

「原子力発電所《げんしりょくはつでんしょ》の事故《じこ》のこと知っているよな。それでパパの研究所《けんきゅうじょ》は、全国の電力会社からたくさん仕事《しごと》をたのまれていて、ずっと家に帰られなかった。ここ数か月のあいだ、どうにかしようとしていたんだが、なかなか状況《じょうきょう》をかえられなくて。しかもパパがしている仕事《しごと》は、今避難《ひなん》している人たちにとって、大事《だいじ》なことで、みんなの役立つことにつながる道をさがしている。あんな事故《じこ》はもうぜったいに起きてはいけないんだ。ママとはずいぶん話しあった」パパはふうっと息をついた。

リクは「話しあわなくていいよ。けんかしないでほしいから」とおもった。

「パパはリクとママといっしょにすごす時間が少なくなっても、このまましばらく、今の仕事《しごと》をつづけていこうとおもう。パパの仕事《しごと》は、責任《せきにん》をもってやらなければならない、価値《かち》があることだからね。週末《しゅうまつ》はできるだけ帰ってくるようにするから。ふだんはメールや電話で話そう。いいよな?」

「うん」とリクは言った。「いやだ、いいわけないよ。仕事《しごと》があっても、遠くにいかないで、ぼくのそばにいてほしいんだ」とさけびだしたかったけれど。

「リクは、ウミがいなくても、ここにいたいだろ? パパの仕事《しごと》がある町にひっこすこともできるんだが、リクが小さいときのようにね。あのころは、いやがっているようには見えなかったから、いつもみんなでいっしょにひっこしていただろ。ママはどこでも音楽の教室をひらけるからね」

「ううん、ひっこしたくないよ。ぼく、この町がすきだ」とリクはこたえた。

ほんとうは、あの日のまえまでのウミがいたこの町が、リクはすきだった。そして、おばあちゃんのいるこの場所が、ウミはだいすきだった。「ぼくがひっこしたら、ウミの声はぼくについてきてくれるだろうか」とリクはおもった。

「じゃあ、リクはママとおじいちゃんとおばあちゃんとここにいたらいい」そう言うパパの声はさびしそうだったが、すぐに誇《ほこ》らしげな笑《え》みをうかべた。

「これをよんだよ」パパはノートを手に、リクに言った。「夏にオーストリアにいく夢《ゆめ》があるんだって、おばあちゃんから聞いたよ。パパにも話してくれないか」

リクがパンフレットを見せると、パパは感心して言った。

「そうか。オーケストラの団員《だんいん》になって、オーストリアにいく夢《ゆめ》をかなえたいから、いっしょうけんめいに練習していたんだね。気づいてやれなくて、ごめんな。仕事《しごと》に夢中《むちゅう》になりすぎたよ」

こんどはママがリクの部屋《へや》をノックした。ママの目に涙《なみだ》がうかんでいた。

「リクのことは大切《たいせつ》、とても大切《たいせつ》よ。おじいちゃんにひどいことを言われたけれど、子どもの群《む》れを養子《ようし》になんかしてない。でもここ数か月、ずっとかまってあげられなかったわ。これからはもっとちゃんとするから、どんなこともママに話してね」

「うん」とリクは約束《やくそく》したが、「ウミの話をしていい？」とは、きかなかった。

「それから、ママは仮設住宅《かせつじゅうたく》でくらす子どもたちと音楽をはじめたいの。これまでどおりボランティアをつづけたいの。いいかな？」とママはつづけた。「ほんとうの気持ちを言ってね、リク」

「うん、いいよ」なぜか、それはほんとうだった。元気になるために、リクには音楽が必要《ひつよう》なように、ママにはボランティアが必要《ひつよう》な気がした。

「夕方にはちゃんと家にいるから、話したり、いっしょに本をよんだり、ゲームをしたりしましょうね。約束《やくそく》するわ」とママが言って、よこにいたパパが「メールをたくさん書くよ。リクがオーストリアにいく夢《ゆめ》は、すごく興味《きょうみ》があるんだ」と言った。

パパとママがそれぞれに自分のすべきこと、やりたいことをするのは、いいことだとリクはおもったし、きちんと話してくれたのもうれしかった。なのにリクは「うん」としか言えなかった。ウミだったら「そういうパパとママがすきよ。誇《ほこ》りにおもうわ」とこたえただろう。

でも、たぶん今は、自分の気持ちをつたえることはそんなに大切《たいせつ》なことじゃないのかもしれない、とリクはおもった。だって家族が、ウミのいたときにもどることはできないから。それならば、ぼくも、パパも、ママも、おじいちゃんも、おばあちゃんも、それぞれがまえをむいて歩きはじめるしかない。

出発《しゅっぱつ》まえに

ウミがおとひめさまになった。そう言われてから四年がすぎた。リクは中学一年生、とつぜんいなくなったあのときのウミとおなじ十二歳《さい》になっていた。

リクは夢《ゆめ》をかなえるために、四年間いっしょうけんめいがんばった。四年間のバイオリンの練習と四年間のおじいちゃんとのドイツ語と英語《えいご》のレッスン。リクがあきらめそうになるといつも、「わたしの心からの望《のぞ》みだったの。あきらめないで」というウミの声が、リクをはげましつづけた。

そしてこの夏、リクは応募《おうぼ》できる年齢《ねんれい》になり、国際少年少女《こくさいしょうねんしょうじょ》オーケストラの団員《だんいん》にえらばれるにふさわしい実力《じつりょく》をつけていた。

リクの合格《ごうかく》を、パパ、ママ、おじいちゃんとおばあちゃんはとても誇《ほこ》りにおもい、このとき、みんなが心からよろこび、家族がふたたびひとつになった。


リクは寝《ね》るまえにウミのノートをとりだして言った。

「ウミがいなかったら、やりとげられなかったよ」

それからウミの部屋《へや》の机《つくえ》にノートを置《お》いた。


あと数日《すうじつ》で出発《しゅっぱつ》だ。日本をはなれるまえに、リクには、いっておきたいところがあった。四年まえのあの日から、ちかづくことができなかった海だ。リクはいかなければならない。海になにも言わないで出発《しゅっぱつ》するわけにはいかない。おとひめさまのいる竜宮城《りゅうぐうじょう》へ、ウミのところへ、水が海の底《そこ》へ、リクのメッセージをはこんでゆくはずだ。リクは海まで歩いてみようとおもった。

家をでて、急な坂道をおりながら、迷子《まいご》になった小さかったときのことが、リクの心にうかんだ。ウミをさがして松林《まつばやし》までいったときのことだ。ウミがひとりで走っていき、リクはぜったいにウミを追いかけていこうとした。リクの短い足で、家からの急な坂道をかけだすと、ころがるようにスピードがでた。つまずいて、ころびながらも走りつづけた。わかれ道まで走って、それから左にまがって、ゆるやかな坂道をさらにおりて松林《まつばやし》に、ウミとリクのひみつの場所につくまで走った。そこにウミが待っているはずだと、リクは必死《ひっし》にさがしたが、だれもいなかった。海へつづく道をゆく。どっちにまがるの？　リクは浜辺《はまべ》を右に走った。でもウミは見つからない。立ちどまり、ちがう方向《ほうこう》に走りだした。走っても走ってもウミの姿《すがた》は見えなかった。

暗くなったとリクが気づいたときには、すでに日が西にしずんでいた。どこが空で、どこが海で、どこが浜辺《はまべ》か、わからないほどまっ暗だった。光のない夜の海の色は黒く、リクはこわかった。松林《まつばやし》への道を見つけて帰ろうと歩いたが、道がわからなくなっていた。リクはしくしく泣《な》きながらも、ウミが心配《しんぱい》して、暗やみからあらわれて「かくれんぼをしていたのよ。ごめんね」と言って、だきしめてくれるかもしれないとおもっていた。とうとうリクは大声《おおごえ》でわんわん泣《な》きながら「だれか、だれか！　たすけて、たすけて！」とさけんだ。「リク！　リク！」と呼《よ》ぶ声が聞こえ、リクはパパの大きくあたたかい背中《せなか》におぶわれて帰った。

しばらくしてウミがリクのベッドにそっとやってきて、「ごめんね。リクがわたしを追いかけてくるなんて知らなかったわ。おばあちゃんにたのまれて、おつかいにいっていたの。リクをひとりぼっちにして、もう走っていったりしないし、かくれんぼなんてしないからね」と言った。

リクは少しのあいだでいいから、パパとならんで歩きたかった。でもパパには仕事《しごと》があった。あの日からパパはウミの話をしたことがない。かなしそうにわらいながらパパはなにを語るのだろうか、とリクはおもいうかべてみた。

「今のリクなら、もう迷子《まいご》にならないね。そういう年齢《ねんれい》になったのだから、ウミが竜《りゅう》宮城《ぐうじょう》で生きているなんて、しんじていないだろう。ウミはおぼれたんだ。ウミの体がどうなったのか、だれも知らない・・」

いやだ！と、リクは心に聞こえてくるパパの声をさえぎった。

リクはウミの体のことなんか考えたくなかった。カメにのったり、イルカとあそんだりしながら、海の底《そこ》のうつくしい宮殿《きゅうでん》で、女の子がたのしそうに生きている姿《すがた》を心にとどめておきたかった。

ぱくぱくした心臓《しんぞう》がおちつくのを待って、リクは海辺《うみべ》にむかって歩いた。

つなみで、もう松林《まつばやし》はない。

あの日から四年がすぎた。

がれきの山もきれいになくなった。

たくさんのあのゴミはどこへいったのだろう。

作業《さぎょう》するブルドーザーの音はいつもどこからか聞こえていた。

まるでバックグラウンドミュージックのように。

そして、山をきりくずして、はこんだ土を数十メートルつみあげていった。

いつのまにか、あちこちで草が生《お》い茂《しげ》り、花がいちめんに咲《さ》いた。

自然《しぜん》の力はすごいが、それでもまだ、大地《だいち》に死がはこばれてくる。

むかしの町があたらしい土にうめられ、みんなの大切《たいせつ》な思い出が土の下にうまってゆく。こうしてつくった土の上に、あたらしい町ができてゆく。つなみから命をまもるには「より高く、より遠くへ」と言っているかのように、ブルドーザーの音が遠くから聞こえてくる。

リクは学校でまなんだ。放射性物質《ほうしゃせいぶっしつ》に汚染《おせん》された町や村では、除染作業《じょせんさぎょう》がずっとつづいている。土の表面をけずり、大きな黒いビニール袋《ぶくろ》につめる。行き先のないたくさんの黒い袋《ふくろ》が人のいなくなった町や村に置《お》かれた。汚染《おせん》された枝葉《えだは》や落《お》ち葉《ば》をとりのぞき、汚染《おせん》された建物《たてもの》を水であらう。一年間にあびる放射線《ほうしゃせん》の量《りょう》が二十ミリシーベルト以下《いか》になると、地図《ちず》の境界線《きょうかいせん》がうごき、赤やオレンジにぬられた色がかわり、安全《あんぜん》になった場所に家があった人は、避難《ひなん》していたところからもどることができる。

みんなが帰れるようになるには、どのくらいの時間がかかるのだろうか。

どのくらい帰りたい人たちがいるのだろうか。

どんなあたらしい町ができていくのだろうか。

ある町は、三十メートルもの高さのコンクリートで防波堤《ぼうはてい》をつくろうと計画していると、リクはニュースで聞いた。海のまえに松《まつ》を植《う》えるかわりに、巨大《きょだい》なコンクリートの壁《かべ》をつくる。

「それはどんな光景《こうけい》なのだろう」リクは海辺《うみべ》まで歩きながら、あたりを見まわした。

ふとリクの頭に、「未来《みらい》はわたしたちがつくる─子ども国連《こくれん》」と、ウミのノートのタイトルがうかんだ。

姉なら、人々《ひとびと》をまえに立ちあがり、未来《みらい》へむけて自分の考えをつたえただろう。

「灰色《はいいろ》のコンクリートの壁《かべ》のある町より、木のある緑にかこまれた町に住みたい。松林《まつばやし》が波をさえぎることはできなかったけれど、それでも自然《しぜん》と調和《ちょうわ》しながら、つなみから命をまもれる町をつくれるはずよ」とさけぶウミの声がリクに聞こえた。

リクはくすっとわらった。コンクリートの壁《かべ》をつくるというような大人《おとな》の解決策《かいけつさく》に反対して、戦《たたか》う強さがウミにはあった。「原子力発電所《げんしりょくはつでんしょ》をまもるべきだ。地震《じしん》にもつなみにもこわれないもっと安全《あんぜん》な発電所《はつでんしょ》をつくるべきだ」と、言いつづける人たちにむかって。

浜辺《はまべ》でさよなら

砂浜《すなはま》がひろがる海辺《うみべ》につくと、リクは立ちどまった。いつもなら、これからさきへはいかない。自分から姉をうばった海をリクはきらいになっていた。おわりのない、つめたい、灰色《はいいろ》の危険《きけん》がひろがっている。

リクは目をとじて、浜辺《はまべ》で、海水で、ウミといっしょだったときのたのしい思い出を呼《よ》びおこそうとした。まぶしくかがやく太陽、雲ひとつない水色の空と白い砂浜《すなはま》、きらきら光る青い海、白い小さな泡《あわ》の冠《かんむり》をかぶった波。

たのしかった姿《すがた》を心におもいえがけない。リクがあきらめかけたとき、ウミの声が聞こえた。「耳をすませて！　目をひらかなくていいから、心をひらいて、海のメロディーに耳をすませてみて。だいじょうぶとかんじたら、歩いてゆくの。海がかなでる音楽がリクをつれていってくれるわ」

リクが耳をすませると、波がよせてはかえすくりかえしの音が、いつまでもいつまでもつづいた。風の音、カモメの声が聞こえた。

「くつをぬいで、歩いていってごらん」波と風がリクにおしえている。「きみをずっと待っていたんだよ。きみがいなくてさびしかったよ」と、リクにうたっている。
「さあ、おいでよ！」と、カモメが鳴いた。

リクは歩きつづけた。
風が気持ちいい。
つま先の砂《すな》が気持ちいい。
ウミがそばにいるみたいで気持ちいい。
リクはゆっくりと目をあけた。
リクは海にむかって浜辺《はまべ》を歩いていた。
誇《ほこ》らしげな気持ちがリクの心をあたたかくした。
リクは勇気《ゆうき》をもって、水ぎわまでまっすぐすすんだ。
おもいきって、海水に足をつけてみようか。
ひいてゆく波、おしてくる波。
波の音を聞くのは心地《ここち》よい。
波を見つづけているとおちつかなくなる。

波にふれるのはこわい。

リクは海から足をひっこめて、にげるように走った。

松林《まつばやし》があったところで、ふりかえって、遠く海を見おろした。

「ウミ、ぼくの声が聞こえるよね」と、リクはだせるかぎりの声でさけんだ。

「ぼくは海をこえて飛《と》んでいくから、海はぼくをつかまえられない。オーストリアへいってくるよ。ウミの夢《ゆめ》をかなえるって、約束《やくそく》するよ！」

第2章　オーストリアで

フライトの夜

ねむっていたのだろうか、リクは目をさましておもった。離陸《りりく》してすぐに、飛行機《ひこうき》のうしろのせまい座席《ざせき》で、リクはひざにのせたバイオリンのケースをつかんで、ぜったいにねむられないとおもっていた。

「頭の上の荷物入《にもつい》れにしまっておけますよ」と、若《わか》い男のパーサーは気さくな笑顔《えがお》ですすめたが、リクはことわった。バイオリンはなによりも大切《たいせつ》なものだ。荷物入《にもつい》れにしまっておく気になれない。ほかの人の小型《こがた》のスーツケースやかばんやリュックサックのあいだにおしこまれてしまう。離陸《りりく》のあいだ、まえの座席《ざせき》の下につっこんでおいただけで十分《じゅうぶん》、そのあとはできるだけずっと、リクはバイオリンケースをうでにだきかかえていた。

飛行機《ひこうき》が飛《と》びたったのは真夜中《まよなか》の十一時、リクはひどくつかれていた。空港《くうこう》までのわくわくする電車の長い旅と、そのあとの出発《しゅっぱつ》ロビーでの騒々《そうぞう》しさのなかで、空港《くうこう》にみおくりにきた両親や祖父母《そふぼ》となんどもだきあい、ほほ笑《え》みあい、ほおをよせあい、たのしんでくるのよ、わたしもいきたかったわ・・などというしあわせをねがうことばのあとに、いい子でいるのよ、礼儀正《れいぎただ》しく、口答《くちごた》えしないで、大人《おとな》の言うことを聞いて、すききらいをしないで、はじめての食べものや飲みものをためしてみて、という忠告《ちゅうこく》のことばがリクの耳にのこった。

離陸後《りりくご》すぐパーサーが、青いブランケットをくばってから、照明《しょうめい》をおとしてくださいというマイクの声を最後《さいご》に、乗客《じょうきゃく》がねむることができるようにと、朝までアナウンスはなかった。

リクはねむれるとはおもわなかった。となりの席《せき》のおじさんはすぐにいびきをかきはじめ、まえの席《せき》のカップルはテーブルの上のタブレットでなにかを見て、くすくすわらい、だれかが通路《つうろ》を歩いて、トイレにいってもどってきた。

なぜかねむれないので目を少しあけると、リクのまわりは暗く静《しず》かで、よこのおじさんでさえいびきをやめていた。リクはなんだかヘンな気持ちになって、このまま目をさましているより、ねむるほうがいいとおもった。なぜこんな気持ちになるのかうまく言えないが、おばあちゃんの畑のあるあの場所にいたいというおもいと、オーストリアとオーケストラをたのしみにするおもいが、心の底《そこ》に同時にあるからだろう。二つの感情《かんじょう》に心がひきさかれているようだ。ねむらないようにしていると、目がしばしばして、まぶたがしだいにとじていった。

しばらくしてリクが目をさますと、なにかがきえている。大事《だいじ》なものがない。手になにもなかった。バイオリンケースがあったはずなのにない。うでからすべりおちたのだろうか。だれかがぬすんだ？　どこにも泥棒《どろぼう》がいて、泥棒《どろぼう》は泥棒《どろぼう》の姿《すがた》をしていない、とよく聞いていた。よこのおじさんは？　まえの席《せき》のカップルは？　親《した》しげにわらうパーサーは？　バイオリンがなければ、オーケストラに参加《さんか》できない。日本へ追いかえされてしまう。パパもママもおじいちゃんもおばあちゃんもがっかりするだろう。

「持ちものに注意するようにおしえたでしょう」とがめる声がリクに聞こえてきた。もっといやなのは、家族がなにも言わないで、かなしそうにほほ笑《え》んでいるだけなのに、ウミならそんなヘマはしないと、おもっていることだ。

胸《むね》がドキドキしてきて、リクは足のあいだに手と頭をつっこんで、ブランケットと戦《たたか》っているかのように、バイオリンケースを手さぐりでさがした。


よこのおじさんが目をさまし、おどろいてリクにたずねた。

「どうしたの？　病気？　パーサーを呼《よ》ぼうか」

「ぼくのバイオリンが、バイオリンがなくなった」リクは泣《な》きだしそうだ。

おじさんはリクの肩《かた》をだいた。

「パーサーが荷物入《にもつい》れにしまったんだよ。きみが居心地悪《いごこちわる》そうだから、ひざにケースがないほうがいいとおもったのだろうね」

「荷物入《にもつい》れからだしてあげようか」

リクはうなずいてから、礼儀正《れいぎただ》しくしなければとおもった。

「はい、おねがいします」

「きみのバイオリン？」おじさんはリクにケースをわたしてからたずねた。

「はい」

「じゃあ、きみは音楽をするの？」

「はい」

「ひとりで旅行《りょこう》しているの？」

「はい、オーストリアで夏のあいだ国際少年少女《こくさいしょうねんしょうじょ》オーケストラに参加《さんか》します」

「すごいね。ほんとうにうまいんだろうね。未来《みらい》のモーツァルトだ。きみのよこにすわれて光栄《こうえい》だよ」と、やさしい顔をしてわらった。

おじさんがほんとうにそうおもっているのか、からかっているのか、リクはわからなかったが、「何年間もたくさん練習しました」とこたえた。

「ぼくはそんなにうまくないです。姉のほうがもっとすごくて、若《わか》いときのモーツァルトみたいに、曲もつくれるんです」

リクはことばをのんだ。ウミのことをたずねられたらどうしよう。オーケストラにはいる実力《じつりょく》をつけようとがんばってきた理由《りゆう》を知らない人に説明《せつめい》したくない。

いいタイミングでパーサーが通路《つうろ》でワゴンをおしながら、「朝食《ちょうしょく》です。コーヒーと紅茶《こうちゃ》とホットチョコレート、どれになさいますか」と、たずねていた。

「はらぺこだ」よこのおじさんは座席《ざせき》をもどし、おりたたんでいたテーブルをひろげ、パーサーのほうを見ながら言った。「バターとジャムにロールパンではなく、ベーコンとたまごつき、英国式《えいこくしき》の朝食《ちょうしょく》をだしてほしいね」

リクは日本食を食べられたことがうれしくて、朝食後《ちょうしょくご》は目のまえの小さな画面で、映画《えいが》を見ることにした。時間がゆっくりすぎていき、フライトはわくわくするようなはじめての体験《たいけん》から、だんだん退屈《たいくつ》なものになっていった。そんななか「三十分でミュンヘン空港《くうこう》へ着陸《ちゃくりく》します。すべてのものを収納《しゅうのう》してください」とようやく到着《とうちゃく》のアナウンスがながれた。

リクはまえの座席《ざせき》の下にケースを置《お》いた。

「これでいいよ」乗客《じょうきゃく》が指示《しじ》にしたがっているかを見てまわっているパーサーが、リクに言った。「着陸《ちゃくりく》してもこのまま席《せき》にすわっていて。きみを荷物引取《にもつひきと》り場《じょう》につれていってあげるよ。それから待ちあわせ場所に案内《あんない》するからね」

「ありがとう」

リクはふたたび体が興奮《こうふん》でいっぱいになるのをかんじた。あと一時間もしないで、ちがう大陸《たいりく》に立ち、待っているオーケストラのだれかに会って、オーストリアのヴォルフガング湖《こ》のあるザンクト・ヴォルフガングへむかう。

「夢《ゆめ》みたいなすばらしい冒険《ぼうけん》になるだろうね」おじいちゃんのなつかしい声がリクに聞こえた。

「六十歳若《さいわか》かったらなあ」とわらいながら、こうつづけた。

「リクの音楽の才能《さいのう》は、おじいちゃんのタンスにある服とおなじくらい、たくさんあるんだから。おじいちゃんがたとえ若《わか》がえったとしても、どうにもならないよなあ！」

リクは早くもさびしくなったが、そうなってはいけない。

「ウミ」リクは自分をはげましてささやいた。「ぼくはウミの夢《ゆめ》をかなえたんだ。ホームシックになって、めちゃめちゃにしないと約束《やくそく》するよ」

たのしむためだけにあるのではない

翌日《よくじつ》からリクは、わずかな時間すら、たのしんでいいのかわからなくなった。

リクとさまざまな国からやってきた少年少女たちは、二人のエリザベートと空港《くうこう》で会った。二人は自己紹介《じこしょうかい》して、「おなじ名前だから、リリーとリジーと呼《よ》んだほうがいいわ。で、わたしがリジー、こっちがリリーよ」リジーがわらって言った。

「今からオーストリアのヴォルフガング湖《こ》へ小型《こがた》バスにのっていくから、そこが滞在《たいざい》地《ち》よ。古いけれど、大きなすてきな別荘《べっそう》で、みんなヴィラと呼《よ》んでいるわ。むかし、音楽がだいすきなお金持ちの家族のものだったの。無料《むりょう》で泊《と》まって、曲をつくり音楽をつくりあげる場として、家と土地《とち》を音楽家たちにさしだしてくれたのね」リリーが説明《せつめい》した。「それで国際少年少女《こくさいしょうねんしょうじょ》オーケストラもつかうことができるわけよ」

リリーとリジーはとてもやさしいし、自称《じしょう》男の子たちのボスだというサムエルも友だちみたいに気さくなかんじだった。

ところが練習室に全員《ぜんいん》があつめられると、そこはペンキでぬられた天井《てんじょう》と壁《かべ》に鏡《かがみ》のある大きな部屋《へや》で、それぞれにイスと譜面台《ふめんだい》が用意されていた。かなり年をとった男の人が、きびしい表情《ひょうじょう》で、目のまえに立っていて、リクはふるえた。

マエストロだった。リリーやリジーやサムエルのやさしさがふっとんだ。

重要《じゅうよう》なのはマエストロだけだ。イージゴーイングガイ、てきとうなやつには見えない。カールした白髪《しらが》に、とてもとてもまじめな顔だ。

「うまくひけなかったら、どうしょう」とリクはおもった。「ほかのみんなについていけなかったら、どうしょう」

リクは最年少《さいねんしょう》の一人だった。おなじような年の女の子が二人いて、一人はチェロ、もう一人はフルートだ。そのほか全員《ぜんいん》が二つか三つ上、あるいは、四つくらい年上だ。リクが朝、洗面所《せんめんじょ》で気づいたことだが、男の子たちの一人は、ひげをそっていた。みんなはきっとリクより、もっともっともっとすぐれた技術《ぎじゅつ》をもった音楽家にちがいない。

マエストロが譜面台《ふめんだい》の指揮棒《しきぼう》をとると、いっせいに静《しず》かになった。

「さて」マエストロはまじめな顔つきで言った。

「わかっているだろうが、この三週間はたのしむためだけにあるのではない。音楽はきみたちにとって、いちばん大切《たいせつ》なものだからこそ、たくさんの時間とエネルギーをそそいでいこうとする気持ちが必要《ひつよう》だ。きみたちは、もうそのことを知っているね。でなければ、はるばるここまでこられなかっただろうからね。

毎朝九時から十二時まで練習をする。まずは小さなグループごとにわかれて。リリーとリジーとサムエルがその責任者《せきにんしゃ》だ。十一時になったら、この部屋《へや》にあつまり、わたしといっしょにやろう。やろう、とは、いっしょうけんめいにやることを意味する。お昼休みのあと三時まで、それぞれに練習をする。だれもみはってないが、きみたちの責任《せきにん》で、ともに演奏《えんそう》する音楽をそれぞれがまなぶ時間だ。そして三時から六時三十分。夕食《ゆうしょく》は六時三十分だから、そのあともう一時間、まなびあうために、ここにあつまる。わかったね?」マエストロが話をやめた。

みんなはうなずいている。

「はい」と返事をしている何人《なんにん》かの年上の団員《だんいん》がリクに見えた。

マエストロはふたたび指揮棒《しきぼう》を譜面台《ふめんだい》からとった。

「これからの二十年、刑務所《けいむしょ》でくらせと、被告人《ひこくにん》につたえようとするしつこい老裁判《ろうさいばん》官《かん》みたいだ」とリクはおもった。

「さて、わたしが話さなかった三時から六時三十分まで、この時間は毎日のなかで、とても大切《たいせつ》だ」マエストロはひと息ついて、もっとまじめな顔をした。

「みんなのまえで、ひとりひとりに演奏《えんそう》させるのだろう。おそろしい」と、リクはおもった。自分の演奏《えんそう》を聞いたあとに、「よくないね。どんな小さなことでもいいから、リクの悪いところを話しあおう」と、マエストロがほかの団員《だんいん》にたずねている姿《すがた》がうかんだ。

たのしめない、とリクはおもった。なぜ少年少女オーケストラに応募《おうぼ》してしまったのだろう。

「さあ、よく聞きなさい！」マエストロはさらにきびしい声で話をつづけた。

「だれも」ここでまたひと息ついた。「だれも許可《きょか》なく、この時間、楽器《がっき》にふれない。音楽について話さない。音楽について考えることさえゆるさない。そのかわり、サッカーやバレーボールやゲーム、そういうことをやってほしい。かくれんぼをしたり、走ったり、散歩《さんぽ》をしたり、泳いだり、おなかが北極《ほっきょく》にいるみたいにかんじるまで、アイスクリームを食べたりする。わかったね？」

リクはしばらく、なにを言われているのか、しんじられなかったし、オーケストラのほかのメンバーも、リクのようにとまどっているようだったが、マエストロは大声《おおごえ》でわらいだした。とつぜんマエストロが、よそよそしい石の心の裁判官《さいばんかん》ではなく、おじいちゃんのように見えた。

「ぼくらをからかっているんだ」とリクはおもいながら、ほかのみんなの笑《わら》いと拍手《はくしゅ》にくわわった。

マエストロはほほ笑《え》んでいたが、すぐに指揮棒《しきぼう》でみんなを静《しず》かにさせた。

「わかったかい！」とほくそ笑《え》んで、「毎日午後三時から六時三十分のあいだだけじゃなく、たのしくやろうじゃないか。きみたちは音楽を真剣《しんけん》にやりたいからここにいる。それはほんとうだ。国際少年少女《こくさいしょうねんしょうじょ》オーケストラの一員《いちいん》であることは、いっしょうけんめいやることを意味し、ほかのどんなことも大目《おおめ》に見ない。すぐれた指づかい、音感がいい、音符《おんぷ》や音階《おんかい》やハーモニーなど音楽の知識《ちしき》、そういうものだけでは十分《じゅうぶん》ではない。それ以上《いじょう》のものを期待《きたい》している。すぐれた音楽家にとって、もっとも大切《たいせつ》なことは、心からのよろこびを音楽にあらわすこと。音楽がなによりもすきだから、きみたちとわたしは、ここにいる！　音楽への愛《あい》とよろこびが、きみたちの顔にかがやくのをわたしは見たい。きみたちの音楽からそういうものをわたしは聞きたい。三週間後の最後《さいご》の日の演奏会《えんそうかい》で、愛《あい》とよろこびを観客《かんきゃく》にとどけたい」
全員《ぜんいん》が熱心《ねっしん》にうなずいていた。

「それでは、古きよきモーツァルトの作品からはじめよう」マエストロは声高らかに言った。「『ボーナ・ノックス、おやすみ、おまえはほんとのおばかさん』という、ふつうは四声のカノンだが、三つのグループをつくり、それぞれのグループで歌のパートを楽器《がっき》でやろう。サムエル、メンバーをわけて！　おどけたかんじの作品だから、ゆかいに聞こえるようにすることをわすれないで」

さんざんな自由時間《じゆうじかん》

一週目はあっというまにすぎていった。気温は低く、雨がたくさんふった。

「典型的《てんけいてき》なザルツブルクのストリンググレイン、糸でつながれたみたいに」とリリーは説明《せつめい》した。まるで雲から地上に長い長い糸でつながれたかのように、雨のしずくが空からたえまなくふりそそぐという「いったんふりはじめると、ずっと雨がつづく。湖に泳ぎにいけなくて、残念《ざんねん》よね」

リクはぜんぜん残念《ざんねん》だとはおもわなかった。海水パンツを荷物《にもつ》のリストにいれてなかったので、もってきていない。

ボードゲームであそぶことも、ザンクト・ヴォルフガングの小さな村を歩くことも、リクはたのしかった。女の子たちの一人、イタリアからきたパオラはぬれるのをいやがったが、リクは平気《へいき》だった。

「ただの雨じゃないか」と、リクはパオラをからかった。「ただの雨」

リクにそのつもりはなかったが、数人《すうにん》の年上の男の子たちが、リクのことばにわらったのがうれしくて、つづけた。

「水のしずくがこわいの？　そんなこと言うなんておかしいよ。水のしずくはきみをきずつけやしないから」

パオラはきずついているようだ。

「とにかく」パオラは怒《おこ》って言った。「こんな水のしずくでもきらいなの。だから、こんなひどいザルツブルグのストリングレインのなかを歩かせようとしないで」

ところがつぎの週になると、灰色《はいいろ》の雨雲《あまぐも》がきえておひさまがでてきた。練習のあと、水着で浜辺《はまべ》にいこうと、昼食《ちゅうしょく》のときにサムエルが知らせた。全員《ぜんいん》が手をたたいてよろこんで口笛《くちぶえ》を鳴らしたが、そうしなかったリクにだれも気づかなかった。

「こわがらないで、あたらしいことはなんでもためしてみるんだ」とおじいちゃんは言ったが、リクは深く危険《きけん》な湖で泳ぐつもりはなかった。リクは学校でおそわったから泳げる。でもそれはプールでのこと、海で泳ぐようむりじいされなかった。

「たのしく泳がなくてもいい。水からどうやって体をまもるかを知っていてほしいだけだ」と先生は言った。「もしものときに」

もしものときとは、もしも、また、つなみがきたら、のときだ。ふだんはつなみについてだれも話したがらなかったけれど。

音楽に集中《しゅうちゅう》できなかった練習時間のあと、リクは玄関《げんかん》ホールにいるメンバーにくわわった。みんなのバッグはバスタオルでふくらんでいる。男の子二人がウォターボールをけり、一人の女の子の姿《すがた》は空気でふくらんだ巨大《きょだい》な白鳥《はくちょう》の下にかくれてしまいそうだ。

リクは本だけをもっていた。

「いこう」とサムエルがさけび、みんなで列になり、小さな村をとおりぬけ、オープンビーチへむかった。

リジーとリリーは日陰《ひかげ》をさがして、みんなは持ちものを置《お》いた。

「一、二、三、最初《さいしょ》に水にはいった者が湖の王だ」サムエルがさけび、水にむかって、みんなが全力で走りだした。リクだけがのこされた。湖の王、海の女王《おとひめさま》！という声で、とつぜんリクはもっと居心地《いごこち》が悪くなった。ほんとうはヴィラにいたかったのに。

「ぼくがみんなのバッグや服やくつを見ているよ。こういうことはだれかがしなくちゃいけないよね」とリクは言ったが、だれも聞いていなかった。

飛《と》びはねながら、しぶきをたてながら、声をあげながら、わらいながら、いつのまにかみんなは水のなかにいた。ウォターボールは宙《ちゅう》にとび、女の子は白鳥《はくちょう》にのって水面をなだらかにうごいた。

だれがどう見ても、全員《ぜんいん》がたのしんでいる光景《こうけい》だった。だれがどう見ても、波はほとんどなく、うかんだ白鳥《はくちょう》がほんのわずか、上下にうごいただけだった。

「でも、どうなるかだれにもわからないのに」とリクはつぶやいた。

ウミとクラスの仲間《なかま》は海辺《うみべ》で練習をしていたときに、とつぜん大きな波がやってきて、たすかるとおもっていたのに、にげる時間さえなかった。


リクは水からできるだけ遠くはなれて、木陰《こかげ》にすわって本をよみはじめた。

「おい、なぜ水にはいらないんだい？」

フランスからきたジャン・リュックがびしょぬれで、リクのまえにそびえたった。

「ああ」リクは顔を赤くして、「水着をわすれてきたんだ」と言った。

「だいじょうぶだよ」ジャン・リュックはにっこりした。

「二つあるから、ぬれていないほうをもってきてあげるよ。待ってて」と、バッグのほうへ走っていき、青い海水パンツをもって、リクのところにもどってきた。

「ほらね！」

「ありがとう」リクは口ごもった。「ぼ、ぼくはただ・・」

「さあ立って。水球《すいきゅう》をしよう。きみが必要《ひつよう》だ。トイレのよこの更衣室《こういしつ》で、着がえて、すぐにおいでよ。水のなかで待っているから」ジャン・リュックは走りさった。


リクはのろのろと本を片《かた》づけ、さらにもっとのろのろと更衣室《こういしつ》にむかい、老《お》いたカタツムリの速度《そくど》で、海水パンツをはいて、バッグのところにもどった。


待ちきれずにジャン・リュックが、湖の岸からリクに声をかけた。

「おーい、リク、ぼくら待っているんだ！　早く！　サムエルのチームが対戦相手《たいせんあいて》で、きみはぼくらのチームだよ」

リクは一瞬《いっしゅん》、目をとじた。

「泳げないから、へそより深くはいれないとみんなに言おう。きっとわらわれるだろう。きっとからかわれるだろう。でも泳げないなら、むりじいしないはずだ」

「泳げない。つまり、きみはまったく泳げない、ってこと？」

ぽかんとした顔でジャン・リュックはリクを見た。

「そう、ぜんぜんだめ」

リクはうそをついて、足首だけ水につけ、勇気《ゆうき》をだそうとしていた。

「つまり、学校で水泳をおそわらなかった、ってこと?」

「そう、そう、柔道《じゅうどう》や相撲《すもう》のほうが水泳より・・」

「よかったらおしえてあげる」話を聞いていたリリーが言った。「今週は毎日浜辺《はまべ》にくるから、今からはじめれば、三日で泳げるようになるわ。もう少しこっちにきて」

リクは勇気《ゆうき》をだして、水がへそにとどくまで、さらに歩いた。

「すごいわ。じゃあ、ちょっと上下に飛《と》びはねてみましょう。湖と友だちになれるはず。顔にしぶきがあたっても、こわくかんじないはずよ」

リクの体がぶるぶるふるえた。

「つ、つめたい、すごーく」つめたいわけではなかったが、体のふるえをどう説明《せつめい》したらいいのだろうか。リクはリリーにほんとうのことを言えない。リリーはわからないだろう。つなみがなにかさえ、たぶん知らないだろうし、あんなふうにいきなりあらわれて、すべてをおしながしてゆく波をしんじられないだろう。

「すごくつめたい」とリクはくりかえした。

「だってそれは、あなたがうごかないからよ。上下に飛《と》びはねたら、あたたかくなるわ」と、リリーは両手をさしだした。「いっしょに飛《と》びはねましょう。ささえているから、バランスをくずことはないわ」

リリーはとてもやさしかったが、リクはリリーの両手につかまることができなかった。たぶんあの日、ウミと友だちは手をぎゅっとつなぎあっていただろうに。つなみのほうがもっと強かった。

「できない。つめたすぎて。ぼくは水からでたほうがいい」

リリーがきずつけたみたいに、リクの声は怒《おこ》っているように聞こえた。

返事を待たずにリクは、青くうつくしく大きな湖とリリーに背《せ》をむけた。

リクが岸へ足をひきずってもどるとき、パオラのわきをとおりすぎた。偶然《ぐうぜん》だったのか。わざとだったのか。リクはどういうわけか、パオラの足につまずき、浅《あさ》い水にバシャンとたおれた。リクの体が水にきえ、ひざとひじに小石で傷《きず》ができた。

ふたたび水から頭をだすのに、リクはどううごけばいいのかわからない。水をのみこみ、手さぐりでなにかをさがすようにバタバタしていると、とつぜんだれかにぐいっとつかまれ、直立《ちょくりつ》の姿勢《しせい》になった。リクはパオラの顔のまえに立っていた。

「水のしずくがこわいの？」パオラは顔いっぱいの笑《え》みをうかべてたずねた。

リクはあわてふためいて、こたえられずに、よろめきながら湖からでて、バッグのほうへ走っていき、海水パンツをぬぎ、Ｔシャツとズボンに着がえた。ぬれたままでもかまわない。リクは右ひざをすりむいていて、血がすねに少したれていた。

リクがいこうとすると、リリーが水からでてきて「絆創膏《ばんそうこう》をはってもらえるから、応急手当《おうきゅうてあて》ができる場所までいっしょにいきましょうか」とたずねた。

リクは首をよこにふった。

「いいです。ヴィラまで歩いていけるから。水泳はほんとうにいやなんだ」

「ひとりでだいじょうぶ？」

「ぼくは十二歳《さい》で、赤ちゃんじゃないから。十分《じっぷん》歩くだけだもの」

そう言っているのに、リクは考えこんだようすだ。

「でも、ひざは？」

リクはなんとかほほ笑《え》んだ。

「ただのかすり傷《きず》。血も止まっていて、痛《いた》くないし。だいじょうぶです」

リクはここにいたくなかった。できるだけ水からはなれたかったが、リリーに言えない。そのかわりに「村でお菓子《かし》や絵はがきを買ってもいいですか」とたずねた。

ポーランドからきた年上の女の子、ダグマーラが日光浴《にっこうよく》をしていた。リクはその名前をおぼえていた。ダグマーラはひじをあげて、会話にはいってきた。

「わたしもいきたいわ。湖にもどりたくないし、このままじゃあ、こげたトーストになってしまいそう。リクといっしょに歩いてもいいわよ」

ダグマーラは十七歳《さい》で、最年長《さいねんちょう》の一人だ。リリーはほっとした表情《ひょうじょう》になって、

「じゃあ、おねがいね」とこたえた。

礼拝堂《れいはいどう》にいた少女

リクとダグマーラはいっしょに浜辺《はまべ》をはなれたが、村の中心につくと、ダグマーラは急に立ちどまった。

「村にいるあいだ、あなたに子守《こもり》はいらないわわ。しばらくわたしはここにのこるつ

もり。ポーランド出身《しゅっしん》の若《わか》いウェーターがいるちょっとおしゃれなカフェがあるの」とダグマーラはウィンクした。

「でも、だれかにたずねられたら、ずっといっしょにいて、いっしょに帰ったって。わかるわね？」

リクはうなずいて、ひとりで歩いた。ところがヴィラの庭が見えてくると、なかにはいりたくなかった。湖で起きたことが解決《かいけつ》されないまま、いやなおもいがリクにのこっていた。勝手《かって》に行動しているリクを、マエストロが見たらどうするだろう。なぜメンバーのみんなといっしょにいないのか、きっとそうたずねるはずだ。うそをつけない。ヴィラをあとにして、丘《おか》のほうへぶらぶら歩いていこうと、リクは決めた。森をぬけ、散歩道《さんぽみち》をのぼると、小さな礼拝堂《れいはいどう》があった。

「めちゃくちゃになったとかんじたら、森の散歩《さんぽ》は最高《さいこう》のくすりになる」おじいちゃんが言っていた。「木の下は、静《しず》かで平和だ」

おじいちゃんの言うとおりだ。木陰《こかげ》を歩き、鳥の歌声が聞こえると、心がおちついてきて、小さな礼拝堂《れいはいどう》につくころには、いつものリクにもどっていた。つめたい白い石壁《いしかべ》を背《せ》にしてよりかかり、礼拝堂《れいはいどう》のわきにある小さな木のベンチにすわって、リクは考えた。

パオラの足でつまずいたのは偶然《ぐうぜん》だったのだろう。リクはきちんと見ていなかったし、パオラはわざといじわるしたわけではない。パオラは水のしずくのことで、リクの悪ふざけのお返しをしただけだ。

「悪ふざけをしたら、悪ふざけをおなじようにうけいれられるはずだ」とおじいちゃんは言っていた。リクがパオラをからかい、パオラがリクをからかった。それだけのこと、これでいい。

リクはもっとがんばって、湖と友だちになるべきだったのだろうか。

みんなには、十二歳《さい》の男の子がへそまでの浅《あさ》い水のなかに立ち、聞きわけのない三歳《さい》の子どもみたいなばかげた姿《すがた》だったにちがいない。リリーが手を貸《か》そうとしたのだから、リクはさしだされた両手をにぎって、上下に飛《と》びはねるべきだったのに。危険《きけん》なことはなにも起こらなかっただろう。

あるいは、姉のウミに起きたことを説明《せつめい》して、ジャン・リュックやリリーやほかのみんなに、リクの恐怖《きょうふ》をあの場でつたえるべきだったのだろうか。けれど、家でも話しあったことがないのに、どうやって？　あのことはだれもが知っているのに、だれも話さないことだった。

リクが丘《おか》におりていこうと決心《けっしん》したちょうどそのとき、背後《はいご》でだれかが泣《な》きはじめたり泣《な》きやんだりするようなヘンな声が、礼拝堂《れいはいどう》から聞こえた。人というよりも、むしろ、母親におきざりにされた子ネコの声みたいだ。


リクは立ちあがって、礼拝堂《れいはいどう》の戸をあけた。なかはひんやりとしてかなり暗い。目がうす暗さになれるのにしばらく時間が必要《ひつよう》だったが、石の祭壇《さいだん》のまえに立っているのは自分とおなじくらいの年齢《ねんれい》の少女だと、リクは気づいた。ヘンなようすで泣《な》いている。リクがこっそりでていこうとしたとき、少女がふりかえり、リクを見つめた。

「ここでなにをしているの？」少女は英語《えいご》でたずねた。

「なにも」リクはおなじ言語《げんご》でこたえた。「ぼくはただ聞こえた・・」

「泣《な》いてなんかいないわよ」少女はすばやくリクのことばをさえぎった。「泣《な》いていたなんておもわないで。ぜったいに泣《な》かないわ。泣《な》く理由《りゆう》なんてないもの。とてもしあわせで、とても感謝《かんしゃ》しているわ。だから泣《な》いていたなんて、言いふらさないで！」

「ごめん。スパイになるつもりはないよ。偶然《ぐうぜん》とおりかかっただけで・・」

「それでいいわ。これ以上《いじょう》話す必要《ひつよう》はないわね。いい？」リクのほうに歩いてきた少女は、黒い肌《はだ》で、きれいな黒髪《くろかみ》を小さな無数《むすう》の三つ編《あ》みにしていた。

「わたしはザイーナよ。あなたはだれ？」

「リク」

「ここの出身《しゅっしん》じゃないわね」ザイーナはきっぱりと言った。

「うん、日本からきた」

「そう。両親といっしょの休暇《きゅうか》ね。たくさんの旅行者《りょこうしゃ》がここにくるわ」ザイーナは両うでをふって、「ザンクト・ヴォルフガングのうつくしい湖とその岸辺《きしべ》の絵のようにうつくしい小さな村々《むらむら》」と、言った。

「ちがうんだ。ぼくは両親と休暇《きゅうか》できたんじゃない」リクはこたえた。

リクに理解《りかい》できない関心《かんしん》をもって、少女の目はリクを見ていた。まるでリクが特別《とくべつ》であるかのように。

「日本からひとりで？」と、少女はしんじたくないかのように言った。

「ちょっとちがう。国際少年少女《こくさいしょうねんしょうじょ》オーケストラの団員《だんいん》で、夏の合宿《がっしゅく》なんだ」

「ふーん」ザイーナは肩《かた》をすくめ、「そのオーケストラは知らないわ」と言った。

「わたしはほんとうにひとりで、遠いナイジェリアからきたけれど、だから泣《な》いていたとおもわないで。泣《な》いていないし、ひとりでいることになれているの。それにほんとはひとりじゃない。正式にはおじさんとおじさんの家族といっしょよ。古いポストホテルに泊《と》まっているの」

「じゃあ、はるばるナイジェリアから休暇《きゅうか》できたんだね」アフリカに休暇《きゅうか》でいくなんて想像《そうぞう》できなかったが、リクはナイジェリアがアフリカの国だと知っていた。

「そのようなもの」ザイーナは言った。「休暇《きゅうか》で、というふりをするのがすき。ほかの旅行者《りょこうしゃ》のようにここにいる、というふりをするのが、わたしはすきなの」

「けど、そうじゃない？」リクはたずねた。ザイーナは特別《とくべつ》には見えないが、有名《ゆうめい》なだれかの娘《むすめ》なのかもしれない。あるいは映画《えいが》スターなのかもしれない。

ザイーナのほほ笑《え》みがしだいにきえていった。

「そうじゃない。わたしは旅行者《りょこうしゃ》じゃない。むかし古くうつくしかったポストホテルが、今はもう、旅行者《りょこうしゃ》にとって十分《じゅうぶん》なものでなくても、難民《なんみん》にとっては十分《じゅうぶん》。なぜって、家具《かぐ》が流行《りゅうこう》おくれで、浴室《よくしつ》のタイルがはがれていても、難民《なんみん》は気にしないから。

大きな部屋《へや》じゃなくても、一部屋《ひとへや》に五、六人で寝《ね》たとしても、とてもしあわせだから。難民《なんみん》はとても、とても感謝《かんしゃ》する人たちで、ありがとう、ありがとうと、いつも言っているわ」ザイーナの声はしあわせそうにも感謝《かんしゃ》しているようにも聞こえなかった。

「へーえ」

そう言ったリクは、難民《なんみん》に会ったことがない。つなみで家や生活をうしなった人は難民《なんみん》ではなく、避難民《ひなんみん》と呼《よ》ばれた。避難民《ひなんみん》もほかの場所にうつり、生活をはじめなければならなかった。まだ避難所《ひなんじょ》で生活しなければならない人がいるのも事実《じじつ》だが、リクの目には、難民《なんみん》はほかの国からにげてきた人に見えた。

なぜ難民《なんみん》になったのか、とザイーナにたずねていいのか、リクはわからなかった。

時計《とけい》を見ると、もうすぐ六時だ。まもなくほかのみんなが湖からもどってくる。

「もういかなくちゃ」とリクは言った。「だれかに気づかれるまえに、ヴィラにもどらなくちゃ。そこにいなくちゃいけないことになっているんだ」

ザイーナはうなずいた。

「あなたといっしょにいくわ。今はだれも、わたしを待っていないし、おじさん、おばさんと呼《よ》んでいる人も、日中はわたしが部屋《へや》にいないほうがいいのよ。ほかの家族と部屋《へや》がおなじだから、いつも人がいっぱいなの。いきましょう！」

リクは不意《ふい》をつかれて「いいよ」とこたえた。

丘《おか》を歩いておりながら、ザイーナはつぎからつぎへと質問《しつもん》をした。

少年少女オーケストラってなに？　なぜえらばれたの？　楽器《がっき》はなに？　オーケストラで演奏《えんそう》するってむずかしい？　一日何時間練習するの？・・

リクはひとつひとつの質問《しつもん》に正直《しょうじき》にこたえようとした。

ヴィラの敷地内《しきちない》についたとき、ほかの団員《だんいん》が村からこちらにむかってくるのがリクに見えた。時間どおりだ。リクがすぐに帰らなかったことをだれも知らない。

「なかにはいらなくちゃ」とリクはザイーナに言った。

「もうひとつだけ質問《しつもん》」

「早く、早く」

「アフリカの子どもは少年少女オーケストラにいるの？　わたしがはいることはできないの？　ポストホテルはとても退屈《たいくつ》。よちよち歩きの子どもと年上の男の子ばかりで、わたしの年ごろの子どもがいないの」

「質問《しつもん》が二つ」にっこりわらったリクは、いつのまにかザイーナをすきになっていた。

「わかってる！」

「いいよ。カタールからきた女の子が一人、フルートを吹《ふ》いている」

「カタールはちがう。アラブの国だもの。つまり、アフリカ大陸《たいりく》からきた女の子か男の子はいる？」

「それなら、こたえはノー、いないよ」

「なら、はいれたらいいなあ。オーケストラがもっと国際的《こくさいてき》になるでしょ？」

「そうだね」リクもそうおもった。「けど、簡単《かんたん》なことじゃないとおもうよ。ぼくの場合は、何か月もまえから応募《おうぼ》しなければならなかったし、バイオリンの演奏《えんそう》を録音《ろくおん》したものと、オーケストラのメンバーになりたい理由《りゆう》を書いた長い手紙をおくらなければならなかったんだよ。ぼくがえらばれたのは、かなりラッキーだったんだ」

「わたしだって、ちゃんとした手紙くらい書けるわ。はいりたいし、やる気はとてもあるの。夕方に手紙を書くつもりよ」

「それで、楽器《がっき》はなに？」リクはたずねた。

ザイーナも音楽家だとは、リクは聞いていなかったから。

「ブガラブーよ」ザイーナはすぐにこたえた。

「ブガラブー?」

「知らないでしょうけど、西アフリカ伝統《でんとう》の太鼓《たいこ》よ。お父さんがとてもいいものをもっていたの」

「で、それをきみはひけるの?」

「ちょっと」とザイーナはこたえた。

「ちょっと?」

「お父さんがいつもたたいていて、そばで見ていたから。だれも正しい演奏《えんそう》のしかたを知らないはずでしょ。だからわたしはブガラブーをマスターした演奏家《えんそうか》のふりをするつもり。ふりをするのが上手《じょうず》なの」

リクはどうかなあという表情《ひょうじょう》をした。

「モーツァルトやベートーベンやほかの有名《ゆうめい》な作曲家《さっきょくか》が、ブガラブーのための音楽を書いていたか知っているの?」

ザイーナは肩《かた》をすくめて、「さあね、知らないけど、たぶん書いてないとおもう。

とにかくないほうがいいなあ、そうでしょ？」と、いたずらっぽい笑《え》みをうかべた。

「なぜ？」

「だって、わたしがややこしい音楽を演奏《えんそう》する必要《ひつよう》はないでしょう。わたしなら、たぶん、オーケストラにアフリカのタッチをあたえながら、ぴったりあうところで、ここ、あそこって、そっとたたくつもり」と、ザイーナはわらった。

リクもわらった。

「そんなこと、うまくいくとおもわない。マエストロはとても感覚《かんかく》がするどいから、ぼくらは正確《せいかく》に音をだして演奏《えんそう》するんだ」

「心配《しんぱい》しないで。マエストロに手紙を書いて、明日《あした》もってくるから。わたすのをてつだってね。マエストロがボスなんでしょ？　わたしのやる気をマエストロが知ったなら、演奏家《えんそうか》たちのあいだにわたしをすわらせてもいいとおもうでしょ。マエストロがところどころで合図《あいず》をだすなら、そっと太鼓《たいこ》をたたくつもり」

「うーん、でも・・」ものごとはそんなに簡単《かんたん》にいかない、そうリクは言いたかったが、ザイーナがさえぎった。

「だいじょうぶ。じゃあまた明日《あした》。昼食《ちゅうしょく》のあと、すぐにどう？　この門で会いましょう」リクを安心《あんしん》させるように、にっこりわらって、ザイーナは走っていった。

マエストロの面接《めんせつ》

「ザイーナです」不意《ふい》をつかれたマエストロは、ザイーナと握手《あくしゅ》をした。

「やあ、こんにちは、ザイーナ」マエストロはあいさつをした。

「わたしがはいりたい理由《りゆう》を書いた手紙です」とザイーナは言った。「オーケストラにはいりたい少年少女がいるなら、面接《めんせつ》をすると、リクが言いました」

「そうなの？」マエストロはとまどっているようだ。

「はい！」ザイーナはうなずいた。「アフリカの演奏家《えんそうか》がいないと、リクが言いました。それでは、ほんとうの意味で、国際的《こくさいてき》とは言えない。ちょっとだましていることになりますよね？」

リクはあきれた。リクはマエストロとこんなふうに話したことはない。マエストロはかなり年上の先生だ。

ところがマエストロはにこやかにわらっていた。

「きみはとても若《わか》いね」と言った。「だましてないよ。カタール出身《しゅっしん》の子がいるから」

「知っていますが、それはアラブの国です。アフリカ大陸《たいりく》からの少年か少女、つまり、わたしのような子です」ザイーナはマエストロに手紙をさしだした。

マエストロはそれをよんで、おもしろがっていた。

「きみはブガラブーの音楽家で、よちよち歩きのころから、もっとも著名《ちょめい》なブガラブーの奏者《そうしゃ》の一人にナイジェリアでおしえてもらっていた？」

「はい、そうです」びくびくしたようすがザイーナには少しもない。

「わかった」マエストロは少し考えてから「こういうときは、きみの才能《さいのう》をちょっと見せてもらいたいね」と言った。

「もちろんです。ただブガラブーが必要《ひつよう》ですが・・」

「きみは自分の楽器《がっき》をもってこなかったの？」マエストロは眉《まゆ》をひそめた。

「もってくることができなかったのです。でも、小さな太鼓《たいこ》ならどこかにあるかもしれません。まったくおなじにはならないでしょうし、ブガラブーではないという理由《りゆう》で、うまくたたくことはできないとおもいますが・・。どちらにしても、それは重要《じゅうよう》なことじゃないですよね？」

「じゃない」マエストロは頭をふった。「きみのいう重要《じゅうよう》なことの意味がまったく理《り》解《かい》できないね。ふつう少年少女オーケストラで演奏《えんそう》するということは、つまり自分の楽器《がっき》でレベルの高い音楽をつくりあげることだ。わかるね？」

「もちろんですが、この場合、もっとも大事《だいじ》なことは、わたしの存在《そんざい》がオーケストラをほんとうに国際的《こくさいてき》にするということです。そしてあなたが、ところどころで合図《あいず》のうなずきをだしてくれれば、太鼓《たいこ》をそっとたたくつもりです。アフリカ大陸《たいりく》からきた音楽家が、ほんとうにオーケストラの一員《いちいん》にいることを人々《ひとびと》に見せるだけで十分《じゅうぶん》だとおもいます。だいじょうぶです。音楽をめちゃめちゃにしません。わたしはふりをするのが得意《とくい》ですから」

マエストロは一瞬《いっしゅん》あぜんとしたが、大声《おおごえ》でわらいだした。

「これまで聞いた話で最高《さいこう》におもしろい」

ザイーナはおもしろいとはおもえず、マエストロを怒《おこ》って見つめた。

「わたしがはいりたい理由《りゆう》についての手紙をよみましたよね。ほんとうにほんとうに、わたしは参加《さんか》したいとおもっているのです」

マエストロはわらうのをやめた。

「わかる、わかるよ。志望理由《しぼうりゆう》は十分《じゅうぶん》とは言えないが、ザイーナ、きみはすばらしい音楽家でもあるはずだ」と言い、ザイーナのとつぜん希望《きぼう》をうしなったような表情《ひょうじょう》を見てマエストロは、やさしい顔になってつづけた。「きみがはいりたい理由《りゆう》はとてもよかった。だがオーケストラがもとめているのは演奏者《えんそうしゃ》で、演技者《えんぎしゃ》ではないんだ」

「わかりました」とザイーナはこたえ、勇敢《ゆうかん》に涙《なみだ》をこらえようとしていた。だれひとりザイーナを泣《な》かせるつもりはないのだから。

「手紙をよんでくれてありがとうございました」ザイーナはくるりと背《せ》をむけて、歩いていった。

リクはザイーナをとてもかわいそうにかんじたが、オーケストラが音楽家をもとめているというのは、ほんとうのことだ。

「おどろくべき少女だ」とマエストロはリクに言った。「どこで出会った?」

「丘《おか》の礼拝堂《れいはいどう》です。ザイーナは難民《なんみん》で、古いポストホテルの小さな部屋《へや》にたくさんの大人《おとな》と住んでいます。おばさん、おじさんと呼《よ》んでいる二人の人がいるだけで、両親はいません」とリクは説明《せつめい》した。

「難民《なんみん》か？」

「はい。ホテルでいっしょにあそぶ子どももいません。ほんとうにほんとうに、ひとりぼっちです」ザイーナが礼拝堂《れいはいどう》で絶望的《ぜつぼうてき》な声で泣《な》いていたことを、リクはマエストロに話そうとしたが、ザイーナがそれを望《のぞ》んでいないだろうとおもい、こう言った。

「とてもかなしいことだとおもいます」


マエストロはリクのことばになにも言わなかったが、考えこむように、目が遠くのだれかを見ていた。リクには永遠《えいえん》にかんじられた時間のあと、マエストロは視線《しせん》をリクにもどして、ゆっくりと言った。

「これからは、がまんづよくて、信頼《しんらい》できる助手《じょしゅ》が必要《ひつよう》かもしれないな。あたらしい楽譜《がくふ》をくばり、つめたい水をコップにもってきてくれる助手《じょしゅ》だ。きみたちはいつもめちゃめちゃに楽譜《がくふ》をわたすし、ぬるい水はぜったいにごめんだからな。あの子はこういうことをやりたいと、おもうかね？　あの子は長い練習のあいだ、イスに静《しず》かにすわっていることができると、おもうかね？」

「はい、はい、ザイーナはそういうことをやりたいし、できます！」とリクはさけび、マエストロをだきしめたかったが、もちろん、それはできなかった。

「よろしい。じゃあ、追いかけて。あの子は九時から夕方までの練習時間とそのあともここにいることができる。あの子はまだ子どもで、正式には労働《ろうどう》を許可《きょか》できないから、お金を支払《しはら》えないが、食事《しょくじ》はきみたちといっしょで、自由時間《じゆうじかん》の活動すべてに参加《さんか》できる。まあ言ってみれば夏合宿《なつがっしゅく》だ。トライアングルをおしえるから、それで国際少年少女《こくさいしょうねんしょうじょ》オーケストラの特別《とくべつ》なメンバーになれるだろう。ちょっと待ってくれ。あの子のおじさんになにか書いたほうがいいだろう。おじさんが承知《しょうち》してくれたら、明日《あした》からはじめられるからね」

大きな海の小さなボート

「つまり、いってもいい！　からかってないわよね？　いってもいいのね？」

ザイーナはよろこびで顔をかがやかせながら、リクのまわりをくるくるおどった。

「そうだよ、きていいんだ。ただ、練習のときは静《しず》かにすわっていなければいけないよ。わすれないでね。イスでそわそわしたり、おしゃべりしたり、できないよ」と、リクはなんども言い聞かせた。

「ええ、できるわ。銅像《どうぞう》みたいにすわっていられるわ。できるわ!」

リクはザイーナが銅像《どうぞう》のようにすわっている姿《すがた》がおもいえがけなかったから、もう一回もっと強く言った。「音楽の演奏《えんそう》は真剣《しんけん》な仕事《しごと》だ。わかるね?」

すぐにザイーナは、おどったり飛《と》びはねたりするのをやめた。

「あのね」ザイーナが静《しず》かに言った。「海で小さなボートにいたとき、わたしはね、銅像《どうぞう》みたいにすわっていた。大きな波だった。あなたは想像《そうぞう》できないでしょうけど、波はたのしいものなんかじゃなかった。ボートを上下にゆれうごかして、少しでもうごいたら危《あぶ》ない。お父さんと弟がすわっていたもうひとつのボートでは、パニックになった人がいて、波が・・」ザイーナはとつぜん話をやめて「あなたには関係《かんけい》のないことね。だから・・」と、ほほ笑《え》んだ。

「マエストロにつたえて。わたしは明日《あした》、あなたのところにいき、最高《さいこう》の助手《じょしゅ》になるつもりだと。トライアングルをおしえてもらえるなら、アフリカ出身《しゅっしん》の最高《さいこう》のトライアングル奏者《そうしゃ》になるつもりだと。トライアングルをかなでるのは、そんなにむずかしくはないはずよ」とつぜんザイーナは、リクをほんの一瞬《いっしゅん》だきしめてから、古いポストホテルへ走りさった。

ひとりのこされたリクはおもいをめぐらせていた。小さなボートが海で波におそわれて、ほかの小さなボートに、ザイーナのお父さんと弟がいた。リクの心が急につめたくなった。波がなにをするのか、リクに想像《そうぞう》できないとザイーナはおもっているが、リクは想像《そうぞう》できた。もちろん、想像《そうぞう》できるのだった。

つぎの朝ザイーナは、ほかの団員《だんいん》たちに笑顔《えがお》をむけて、イスにすわっていた。「わたしの助手《じょしゅ》だ」とマエストロが紹介《しょうかい》した。「練習のあいだ、わたしをてつだい、食事《しょくじ》や自由時間《じゆうじかん》の活動はきみたちといっしょだ」

ザイーナはうれしそうにマエストロのことばにうなずいていた。

ザイーナの足がイスの下でブラブラしていたので、約束《やくそく》したように、銅像《どうぞう》みたいにじっとすわっていることができるのか、リクはじっと観察《かんさつ》していた。ザイーナはマエストロのコップの水がなくなるたびに、つま先立ちで歩いて、部屋《へや》をでていき、水と氷でコップをいっぱいにしてもどってきた。

昼食《ちゅうしょく》のあと、ザイーナはリクのそばにきて、まじめな顔をして言った。

「リクにたすけが必要《ひつよう》なときは、いつでもたすけるわ。あなたに借《か》りがあるもの」

夏合宿《なつがっしゅく》はたのしいから、たすけなんていらないと、リクはわらったが、ザイーナは言いはった。「わたしにつたえなくていいけれど、リクにたすけが必要《ひつよう》だと気づいたら、そばにいるからね」

二時間のそれぞれの練習のあと、サムエルがみんなに知らせた。昼さがりの天気予《てんきよ》報《ほう》では、しばらくつづいた雨が夕方までふらないだろうから、泳ぎにいくことができると。雨の午後をたのしみにしていたリクはがっかりだ。

「勇気《ゆうき》をだそう」リクは自分に言った。「泳ぎにいかないと言わなくちゃ」

「しまった！」ザイーナがリクのわきでさけんだ。「水着がないわ」

「わたしのをひとつ、着ていいわよ」とパオラがさしだした。

リクはザイーナの視線《しせん》をかんじて、泳ぎにいくのがうれしい、たのしみにしている
少年になろうとしたが、ザイーナをだませなかった。

ザイーナはリクをそっとおして、ささやいた。

「どうしたの？　居心地悪《いごこちわる》そう」

「なんでもない」リクはうそをついた。

「そうはおもえない。言ってよ。たすけてあげるって、約束《やくそく》したでしょ」

リクはくちびるをかんだ。

「ぼくは・・」

ザイーナに弱虫《よわむし》だとおもわれるだろうから、リクはほんとうのことを言えない。

「ねえザイーナ。わたしの水着、いるの？　いらないの？」パオラがたずねた。

「いいわ、いらない、ありがとう。ほんとうは水がこわいの」

「水がこわそうに聞こえなかったけど」サムエルはよく見ていて気づいたようだ。

「ときどきわすれちゃうのよ」

「わすれるの？」みんなはしんじられないという顔をしてザイーナを見た。

「そうよ、まえは泳ぐのがすきだったけど、ヨーロッパにくるとき、小さな、とても小さなボート、空気をいっぱいにしたディンギーで、海をわたらなければならなかったから。それから水がこわくなったの。わかったでしょ」

「ディンギーで海をこえるの？」アメリカからきた女の子、ジョイスがたずねた。

「そう、リビアからイタリアへ。でもこの話はしたくない。いい旅ではなかったもの。わたしはリクといっしょにここで、ヴィラにいてもいいわよね？」

「それがいいとおもうよ」とジャン・リュックは言って「リクは泳げないから、湖がきらいなんだ」と、ふざけてリクをひじでつついた。

「わたしもここにいたほうがいいわ。サムエル、あなたがオーケーならね。女の子の月のもののこと、知っているでしょ。もっと説明《せつめい》がほしい？」と、ダグマーラはサムエルを見て、にっこりわらった。

「いや、いや、わかっているよ。きみたち三人はここにいて、ダグマーラ、きみが責《せき》任者《にんしゃ》だ。いいね？」

ほかのみんながいってしまうと、ダグマーラは言った。

「子守《こもり》はいらないでしょ、それとも？」

「いらないです。なんとかできます」とリクはこたえた。

「わたしもなんとかできるわ。でも、だれかにきかれたら、わたしたちは・・」

「ぼくらは卓球《たっきゅう》をしていました」

「そうよ」ダグマーラはにっこりわらった。「いくねっ、あなたたちもたのしんで！」

「どこにいくつもりなの？」ダグマーラがいってしまうとザイーナはきいた。

「村のカフェのすてきな男の子のところに」

「ふーん。さて、わたしたちはなにをしようか」

「散歩《さんぽ》しよう」とリクがこたえた。


リクとザイーナは礼拝堂《れいはいどう》への丘《おか》をのぼってゆく。石づくりの古い建物《たてもの》をとおりすぎ、さらに歩いてすすみ、丘《おか》の頂上《ちょうじょう》の岩にすわった。

「水がこわいの？」リクはあえてたずねた。

「あなたをたすけると約束《やくそく》したでしょ」ザイーナはこたえた。「あなたが泳ぎにいきたくないとわかったから」

「けど、きみは泳ぐのがすきなの？」

「サカナのように泳げるわ」

「じゃあ、きみは泳ぎがすきで、水がこわくない」

「そうよ」ザイーナは言った。「きらいになるいい理由《りゆう》をもっていたけど、できなかった。ボートにのってくるまえは、泳ぐことがだいすきだった。学校では最高《さいこう》の水泳選手《すいえいせんしゅ》だったのよ。やりたいなら水泳クラブにはいって、競技大会《きょうぎたいかい》のためのトレーニングをしていいよと、お父さんが言っていたのに。なにもかもがかわってしまい、お父さんと弟とわたしは国をでなければならなかった。この話はしたくないわ」

「わかった」とリクはこたえた。

「わかってない」ザイーナは言った。「しあわせでたのしかったなにもかもがある日最悪《さいあく》になったとき、どうかんじるか知らないでしょ。あなたにはわからない」

「わかるよ」リクは静《しず》かにこたえた。

「ぼくもしあわせだった」と、ひと息つき、あのことを話そうと決心《けっしん》した。

「ぼく、お姉さんがいたんだ。巨大《きょだい》な怪物《かいぶつ》のような波が、ぼくらの町をながしていった。そのときぼくのお姉さんは、クラスの仲間《なかま》といっしょに海辺《うみべ》にいた。たすかる望《のぞ》みはなかった。まったくなかったんだ」リクは話をやめた。

ザイーナはしばらくなにも言わないで、大きなひとみでリクを見つめ、それから自分のことを語りはじめた。

「わたしのお母さんはころされた。警察官《けいさつかん》は事故《じこ》だと言い、判事《はんじ》も事故《じこ》だと言ったけれど、お父さんは銃《じゅう》でころした人を刑務所《けいむしょ》にいれたかった。ところが犯人《はんにん》は、政治家《せいじか》の息子《むすこ》だった。お父さんは正義《せいぎ》をもとめたという理由《りゆう》で、仕事《しごと》をうしなった。それでお父さんは正義《せいぎ》をもとめることをあきらめた。それは政治家《せいじか》の息子《むすこ》を非難《ひなん》しつづけるなら、妻《つま》とおなじ目にあうとつたえた手紙をうけとったから。正義《せいぎ》をもとめるのをやめないなら、子どもたちを母親とおなじ目にあわせると書いてあったから。そのうえある夜、車に火をつけられた。お父さんは家を売って、リビアからボートでわたる旅の費用《ひよう》にした。数日後《すうじつご》、わたしたちは海辺《うみべ》に立っていた。

まっ暗やみだった。ボートがきた。釣《つ》り舟《ぶね》だった。ボートは五十人くらいの人をのせて海にでた。アフリカとヨーロッパのまんなかのどこかで、釣《つ》り舟《ぶね》の責任者《せきにんしゃ》が、二つのディンギーに空気をいれてふくらませ、海にうかせた。わたしたちはそこにのりこまなくてはならなかった。まず、四歳《さい》になったばかりの弟とお父さんがいっしょにのりこみ、そのあとすぐに、わたしがのりこむはずだったのに、われさきにのりこもうとするまわりの大人《おとな》たちに、おしのけられた。大人《おとな》たちの力のほうが強くて、わたしがようやく手すりをこえ、のりこもうとしたときには、お父さんと弟がのったボートは人でいっぱいだった。だからわたしは、つぎのディンギーにのることになった。

『だいじょうぶだよ、ザイーナ。ディンギーはロープでつながれて、いっしょだからね』と、お父さんが大声《おおごえ》でさけんでいるのが聞こえた。ところがそのとき波がきた。つなみのような怪物《かいぶつ》みたいな波ではなかったけれど。つなみのことは学校でまなんでいたから知っていたわ。高い波がつぎつぎとやってきて、ディンギーをあらあらしくゆりうごかし、一人の男が二つのボートのあいだのロープを切った。お父さんのボートでは、まんなかの場所にすわろうとする人たちが、けんかをはじめたようだった。なにがあってもじっとすわっているようにと、わたしたちはまえもって言われていたのに。まもなくお父さんのボートはひっくりかえり、全員《ぜんいん》が海におちた。

わたしたちのボートに懐中電灯《かいちゅうでんとう》をもっていた人がいて、電灯《でんとう》の光で水面を十文字《じゅうもんじ》に照《て》らした。何人《なんにん》かがわたしたちのボートへ泳ぎはじめるのが見えた。大きな波が高くくりかえしおしよせてきて、空《あ》きのないわたしたちのボートにのりこもうとする人をだれかが追いはらおうとした。お父さんと弟の姿《すがた》は見えなかったけれど、たすけをもとめる人々《ひとびと》のさけび声が聞こえた。長いあいだ聞こえていたが、泳ぎつづける力がなくなっていったのだとおもう。さけび声はしだいにきえていった」

ザイーナは声をとぎれさせながら、なんどもこみあげてくるものをグッとこらえた。

「わたしのボートにいた男の人と女の人が世話《せわ》をしてくれた。わたしたちはいっしょにイタリアからオーストリアにはいった。わたしのおじさんとおばさんということにして、管理局《かんりきょく》で難民認定《なんみんにんてい》の申請書《しんせいしょ》に記入《きにゅう》した。家族であるほうが、うけいれの住居《じゅうきょ》を許可《きょか》されやすくなるからだった。わたしたちはポストホテルにおくられ、管理局《かんりきょく》がここにとどまっていいかどうかを決めるまで、そこで待たなければならないの。あたらしいおじさんとおばさんをすきになろうとしたけれど、けんかばかりしているわ」

ザイーナはリクを見た。

「これまでこういうほんとうの話をだれにもしたことはなかった。管理局《かんりきょく》にうそをついてはいけないから、ひみつにしておかなくてはならないの。ナイジェリアにおくりかえされたくない。だれもわたしを待っていないもの。お父さんは孤児《こじ》だったし、お母さんの親戚《しんせき》はわたしといっしょにくらすことをおそれている。お父さんが正義《せいぎ》をもとめたとき、たすけてほしいとお母さんの親戚《しんせき》にたのんだけれど、政治家《せいじか》の息子《むすこ》にさからってまで、お父さんの味方《みかた》になろうとしなかった。車も家も命もうしないたくない、と言って。いやよ。もどりたくない。安全《あんぜん》な国に住みたい」

ザイーナの目にうかぶ涙《なみだ》を見て、リクはなにを言ったらいいのかわからない。かわいそうに、ザイーナはこの世界でひとりぼっちだ。リクは両親も祖父母《そふぼ》もいて、正義《せいぎ》が意味のないただのことばではない、安全《あんぜん》な国でくらしている。

リクの手がザイーナの手にふれた。

「ほんとうの、ほんとうの友だちになろうね?」とリクはたずねた。

夕方の練習のあと、ザイーナのはじめての日がようやくおわった。

ザイーナはマエストロに手をさしだして言った。

「感謝《かんしゃ》しなさい、感謝《かんしゃ》しなさいと、いつももとめられるから、そうするのはいやだったけれど、今はほんとうに感謝《かんしゃ》しています。ありがとうございます!」

マエストロは握手《あくしゅ》をしてこたえた。

「きみが正しい。いつもいつも感謝《かんしゃ》の気持ちでいるのは、むずかしいことだね。わたしこそ感謝《かんしゃ》しなければならない。わたしにとって練習は簡単《かんたん》なことだから、楽譜《がくふ》のこと、つめたい水のことでは、ほんとうにありがたいとおもっている。だからわたしもきみに感謝《かんしゃ》しているんだ。それからきみが楽器《がっき》をかえていいなら、トライアングルをためしてみよう。モーツァルトもほかの作曲家《さっきょくか》もブガラブーの曲はひとつも書いていなかったとおもうが、しらべてみるよ」と、やさしい顔でわらった。

「はい。いずれにしても、太鼓《たいこ》をたたくより、トライアングルを《チャリン》とする才能《さいのう》のほうがあるかもしれない。パパがたたいているのを聞くことがすきだったけれど、ブガラブーのことでは、ちょっとだましていました」ザイーナが正直《しょうじき》に言った。

「それではまた明日《あした》会おう」


ザイーナがおもいえがいていたようには、トライアングルの演奏《えんそう》は簡単《かんたん》ではなかった。昼食《ちゅうしょく》のあと、ほかのみんながそれぞれに練習をしているとき、リクはザイーナをつれだした。ザイーナはトライアングルの小さな金属《きんぞく》の棒《ぼう》をビーターと呼《よ》ぶことを知り、金属《きんぞく》のビーターをどこでどのようにうてばいいかをためすことが、質《しつ》のいい音をだすために大切《たいせつ》だとまなんだ。そしてまさにその瞬間《しゅんかん》にうてるように練習をした。

ザイーナはオーケストラのほんとうの一員《いちいん》になろうと決心《けっしん》して、あきらめなかった。なんどもなんども練習をつづけて、一週間後にようやくマエストロが、オーケストラのみんなのまえでこう言った。

「ザイーナ、きみの《チャリン》に満足《まんぞく》している。だからきみは自分を正式にオーケストラの団員《だんいん》だと呼《よ》んでいいよ。リストにきみの名前をのせよう。きみがいいなら、おじさんが許可《きょか》するなら、夜もずっとここにいることができる。夏合宿《なつがっしゅく》ののこり二週間のあいだ、三番目のベッドを女の子の部屋《へや》においてあげられるよ」

最後《さいご》の演奏会《えんそうかい》

国際少年少女《こくさいしょうねんしょうじょ》オーケストラは、モーツァルトが生まれた町、ザルツブルクでコンサートをおこなうことになっていた。

「コンサートは夕方だけれど、朝にここを出発《しゅっぱつ》すれば、町を観光《かんこう》できるわ。モーツァルトが生まれた家、演奏《えんそう》した教会《きょうかい》、ほかにもたくさんある」とリリーが説明《せつめい》した。

「そのまえに、ここ、ザンクト・ヴォルフガングで夕日がしずむまえにコンサートをするのよ。それが、ここでのわたしたちの最後《さいご》の演奏会《えんそうかい》になるでしょうね」

「ここって、このヴィラで？」パオラがたずねた。

「まさか、ちがうわ。多くの人たちに聞いてもらいたいでしょ」リリーがこたえた。

「湖のほとりでの野外《やがい》コンサートになるでしょうね。わたしたちが湖をまえにすわったなら、水と山がうつくしい背景《はいけい》になるでしょう。サムエルは、家にいる両親と友だちに、演奏《えんそう》を映像《えいぞう》でライブ配信《はいしん》するつもりなの」

「もし雨がふったら？」ジョイスがたずねた。

「雨なら屋内《おくない》で、教会《きょうかい》になるでしょうね。でも、演奏会《えんそうかい》のおわりがみごとな夕日のうつくしい夕べになるように祈《いの》りましょう」

リクは心のなかにつめたいものがひろがっていくのをかんじると、その場をはなれて、庭にでて歩いた。湖のほとりにすわってバイオリンをひくなんてできないだろう。

できない。ひとりぼっちで、みじめで、かなしいと、リクはおもった。ここでの最後《さいご》の演奏会《えんそうかい》のことを知っていたなら、オーケストラに応募《おうぼ》しなかっただろう。

「リク、待って」追いかけてきたザイーナが、リクの手をぎゅっとにぎった。

「雨になるように祈《いの》りましょうよ。わたしのひいおばあちゃんは雨をふらすことができたの。知恵《ちえ》のある人で魔法《まほう》をかけることもできた。ひいおばあちゃんがいたときに魔法《まほう》をならっておけばよかったなあ。天気が悪くなるように、呪文《じゅもん》をとなえることができる人をザンクト・ヴォルフガングでさがせるんじゃない？」

知恵《ちえ》のある女の人のことも魔法《まほう》もリクはしんじなかったが、ザイーナがなぐさめようとしてくれたことに感謝《かんしゃ》していた。

「ぼくは運がいいから、きっと雨になるよ」リクはきえそうな声で言った。

「天気に関係《かんけい》なく、教会《きょうかい》で最後《さいご》の演奏会《えんそうかい》をするようにおもいなおしてくださいって、マエストロにたのむことができるわ」ザイーナはあれこれ考えていた。

「お父さんと弟と小さなボートのことを話そうとおもうの。マエストロだったら、わかってくれるでしょ」

リクは首をよこにふった。

ザイーナに言ったことはないが、リクはバイオリンのパートだけでなく、ぜんぶの楽器《がっき》のパートの楽譜《がくふ》を見てわかっていた。ザイーナがトライアングルで演奏《えんそう》することになっている五つの《チャリン》は、ほんとうは必要《ひつよう》ない。それをジョイスなら、簡《かん》単《たん》にハープでひくことができた。きみはオーケストラの重要《じゅうよう》なメンバーではないと、マエストロはザイーナににっこりわらって言うだろう。演奏会《えんそうかい》を休んでいいと言い、ザルツブルクでのコンサートに、トライアングルはなくてもいいとさえ言うかもしれない。そうなったらザイーナはかなしいだろう。だめだ。マエストロに話すべきではない。

「心配《しんぱい》しないで。どうにかするよ」とリクは言った。「子どもじみて、くだらない、この恐怖《きょうふ》をのりこえるときだ。湖は大きな海じゃない。それにオーストリアに地震《じしん》はない。ぼくがただ空想《くうそう》しているだけだもの」

「ほんとうに?」

「ほんとうだ!」

「あなたは勇敢《ゆうかん》だもの」ザイーナは言った。「水がこわいのがわたしだったら、千頭《せんとう》の馬でもわたしを岸にひっぱっていくことはできないし、それくらいなら飢《う》えたライオンに立ちむかったほうがいいと、わたしだったらおもうわ」

「もうこの話はよそう」リクが言った。「まだ五日ある。毎日をたのしもう」

どうにかすると言ってザイーナを安心《あんしん》させたものの、リクはどうがんばってみても「だいじょうぶだ」と、自分に言い聞かせることはできなかった。

夜になると何時間も目をさましたまま、リクは湖のほとりでの演奏会《えんそうかい》に勇敢《ゆうかん》に立ちむかう自分の姿《すがた》をおもいえがいていた。

昼になると毎日、サムエルに天気予報《てんきよほう》をたずねた。

「雨かもしれない」とリクが言うと、「それは起こらない。予報《よほう》はかなり確実《かくじつ》で、五十パーセントの可能性《かのうせい》はただの小雨《こさめ》だ。心配《しんぱい》しなくていい。コンサートの映像《えいぞう》と録《ろく》画《が》は、ぼくがベストをつくすから」とサムエルはこたえた。


そして演奏会《えんそうかい》の日の夜が明けた。

リクはおそろしい夢《ゆめ》を見た。

大きな波が岸から湖へオーケストラをおしながしていった。災害《さいがい》に平気《へいき》なマエスト口だけが浜辺《はまべ》にのこって指揮《しき》をして、「フォルテ、フォルテ！　演奏《えんそう》をやめるな」とさけんでいた。オーケストラのメンバー全員《ぜんいん》が自分の楽器《がっき》をボートや救命浮輪《きゅうめいうきわ》にしているのに。リクのほか全員《ぜんいん》だ。ザイーナでさえ、特大《とくだい》の木のトライアングルにしがみついていた。波がリクからバイオリンをひきはなし、リクはおぼれかけていた。

ここでリクは心臓《しんぞう》をぱくぱくさせ、汗《あせ》だくで夢《ゆめ》から目をさました。

メキシコからきたファンといっしょの寝室《しんしつ》の窓《まど》から、太陽がかがやいて見えた。今日《きょう》はいい天気だ。リクはつま先立ちで歩いて窓《まど》にむかい、外を見あげた。明るい青空で、雲ひとつない。今夜《こんや》は雨にならないだろう。

リクはため息をついた。

心を決めなくてはならない。朝食《ちょうしょく》のあとすぐに、マエストロのところへいき、つなみのことをすべて話して、湖のほとりでの演奏《えんそう》はできないと言ったほうがいいのか。それともそうしないで、この恐怖《きょうふ》をのりこえるべきなのか。おじいちゃんなら、なにを助言《じょげん》するだろうか。

リクはまたため息をついた。

リクにはわからない。おじいちゃんと何時間も歩いて、たくさんの話をしていたが、あの日のつなみの話はしたことがなかったから。ただひとつ、おじいちゃんがつなみについて言ったのは、うしろではなく、まえを見なくてはならないということだった。おじいちゃんは知恵《ちえ》のあるかしこい老人《ろうじん》だったが、この助言《じょげん》は、まったく的《まと》はずれだ。心がまだ過去《かこ》のことにしがみついているリクは、まえを見られない。

「家族のなかで、きっとぼくだけじゃない」とリクはおもった。話さないから起きたことをわすれさせないのだ。その反対に、リクがザイーナにウミとつなみのことを話したとき、正しいことをした、これでよかったとかんじて、そのあとわずかのあいだだったが、心の重いものがもちあげられたみたいだった。重いものが心にあったことさえ、リクはずっと気づかずにいたのだ。

波と死を理解《りかい》できるザイーナに話すことと、マエストロやほかの団員《だんいん》に話すことはまったくちがう。だれもあんな経験《けいけん》をしていない。リクが話したとしてもわからないだろう。怪物《かいぶつ》みたいな波を想像《そうぞう》できないだろう。ヴォルフガング湖《こ》の水面のさざ波が危険《きけん》な波になるはずはぜったいにないと、みんなはリクを安心《あんしん》させようとするだろう。

リクはさらにため息をついた。

ザイーナに相談《そうだん》できればいいのに。でもそうしたら、ザイーナはマエストロに水がこわいと言いにいき、マエストロはザイーナをオーケストラの団員《だんいん》として参加《さんか》させないだろう。だめだ。ザイーナに相談《そうだん》してはいけない。

「勇気《ゆうき》をもって立ちむかうだけでいいんだ」リクは自分に言い聞かせた。「なにも起こらないだろう。うつくしい夏の夕べになるだろう。ぼくらは岸辺《きしべ》の舞台《ぶたい》にすわり、湖はオーストリアすべての湖のように、おとなしくしているだろう。危険《きけん》じゃない」

湖にうかぶ舞台《ぶたい》

「あれ？　舞台《ぶたい》は岸辺《きしべ》じゃなくて、水の上にある。湖にうかぶ舞台《ぶたい》だわ」一日中《いちにちじゅう》リクのそばをはなれなかったザイーナが、ささやくような声をあげた。

リクはイスと譜面台《ふめんだい》でいっぱいになったステージを見つめていた。

「どうにかやれそう？」ザイーナは心配《しんぱい》そうな表情《ひょうじょう》でリクを見つめた。

リクは体をこわばらせてうなずいた。

「だいじょうぶそうに見えないわ」ザイーナはリクを見て、「水にうかぶ舞台《ぶたい》で演奏《えんそう》できませんと、マエストロに言ってこようか？　リクがいいならそうするわ。たすけるって約束《やくそく》したでしょ」と言ったが、そうしたくないとリクはおもった。

「いや、いい、やれるから。ちょっと待って」とリクはこたえたが、簡単《かんたん》なことではない。オーケストラのほかのメンバーは、リクをおしのけて、とおりすぎていった。

「あれっ、あれっ」ザイーナがさけんだ。「ビーターを地面のどこかになくしたみたい。ちかづかないで。どいて、どいて」

ザイーナはひざまずき、両手でさがしはじめた。

「リク、てつだって。銅像《どうぞう》みたいにつったっていないで。わたしはビーターを見つけなくてならないのよ。でないとオーケストラで演奏《えんそう》できない」

言われたようにリクがザイーナのよこにひざまずき、ザイーナがにっこりわらった。

「リクは勇敢《ゆうかん》でしょ。いっしょにステージを歩きましょう。そのまま、まっすぐ、わたしのうしろにいて、わたしの背中《せなか》から目をはなさないで。左も右も上も下も見ちゃだめ。見ていいのはわたしの背中《せなか》だけよ。席《せき》につれていってあげるから。リクはすわったら、見るのは楽譜《がくふ》かマエストロだけよ。わかるわね。約束《やくそく》するわ。五つの

《チャリン》と《チャリン》のあいだの時間は、わたしがずっと波をチェックしているから。わずかでも危険《きけん》なことに気づいたら、飛《と》びあがって、あなたの手をつかむから。一目散《いちもくさん》にわたしたちのあの丘《おか》へ、礼拝堂《れいはいどう》へ、かけのぼりましょう。コンサートがだめになってもいい。わかるわねっ。有名《ゆうめい》なモーツァルトや音楽もどうでもいい。わたしにとって、どうでもよくないのは、リク、あなただけよ」

ザイーナがリクの手をとって、ふたりは立ちあがった。

「いきましょう」ザイーナはそう言って、ステージのほうへ歩きだし、リクは目をザイーナの背中《せなか》にくっつけて、ついていった。

「急いで、急いで。全員《ぜんいん》すわっているか。ザイーナ、自分の席《せき》にまだついていないのはなぜだ?」マエストロが大声《おおごえ》をあげた。「きみのイスは、バイオリンのよこではなく、ハープのよこだ」

「わかっています、わかっています!」ザイーナはリクをすわらせた。「わすれないで、マエストロと譜面台《ふめんだい》だけを見るのよ! わたしは湖に気をつけているから」

リクはザイーナの命令《めいれい》どおりにした。岸辺《きしべ》が人々《ひとびと》でいっぱいになっていくようすがリクに聞こえたが見ない。人々《ひとびと》の話し声がリクに聞こえたが見ない。マエストロが譜《ふ》面台《めんだい》を指揮棒《しきぼう》でコツコツとたたくまで、リクは楽譜《がくふ》から目をはなさなかった。コツコツと軽《かる》くたたくのは、準備《じゅんび》ができています、ということ。全員《ぜんいん》がイスから立ちあがり、おじぎをした。観客《かんきゃく》は拍手《はくしゅ》をした。

おじぎのあいだ、リクの目は譜面台《ふめんだい》からマエストロにうごいた。

マエストロが左から右にゆれうごいた。ここは湖にうかぶ舞台《ぶたい》だった？

「そんなことを考えてはいけない」リクは自分に言い聞かせた。

指揮棒《しきぼう》のコツと軽《かる》くたたく音で、全員《ぜんいん》がふたたびすわった。拍手《はくしゅ》がやんで、コンサートがはじまった。リクは緊張《きんちょう》して、最高《さいこう》の演奏《えんそう》とはいえなかったが演奏《えんそう》した。曲をひきつづけた。これまでやってきたことのなかで、もっとも困難《こんなん》なことだったが、リクは舞台《ぶたい》にいた。恐怖《きょうふ》が演奏《えんそう》をやめさせようとするたびに、ザイーナとの約束《やくそく》をリクはおもいだした。ザイーナは湖を注意して見ていて、わずかでも危険《きけん》に気づいたら、リクをすくってくれるだろう。

九十分後にコンサートはおわった。リクはザイーナがどのようにやりとげたのかを知らなかったが、席《せき》を立って歩き、水にうかぶ舞台《ぶたい》をおりようとしたとき、ザイーナがリクのそばにいた。

「リク！」ザイーナはにやっとわらった。

「あなたがほんとのヒーローだと、みとめなくちゃ。さあ、わたしの背中《せなか》にまた目をくっつけて。かたい地面につれていくからね。すぐよ」

村の道に足がふれたとき、とつぜんリクにふるえがはじまり、おそろしいめまいをかんじた。ザイーナがリクをしっかりとささえていなかったので、バランスをうしなったリクはたおれた。

「船酔《ふなよ》いだわ」とザイーナはさけんだ。「ずっとゆれうごいていたのだから、おどろくことはないわ。わたしもとても目がまわる」

何人《なんにん》かがわらったが、サムエルがたすけにきた。

「起こりうることさ。とてもかんじやすい人がなるからね。だいじょうぶだ。ふたりともぼくの手につかまって。ほら、あそこに浜辺《はまべ》がある。歩けるね」

サムエルはザイーナとリクの手をとり、浜辺《はまべ》へつれていった。

ザイーナはよろめきながら、左から右にゆれうごいていた。みんなはザイーナばかりを見ていて、足がまだふるえていたリクにだれも気づかなかった。

「ああ、すごく目がまわる～う。ワインやビールをのんだみたい」ザイーナはうめき声をあげて「吐《は》き気《け》がする」と、のどでヘンな音をだした。


浜辺《はまべ》にすわるとザイーナは、リクの手をぎゅっとにぎった。

「たすけるって約束《やくそく》したでしょ。したわよねっ」ザイーナはそうささやいてから、サムエルに言った。「みんなのところへいってください。もう少しわたしがよくなるまで、リクが待っていてくれます。心配《しんぱい》しないでください。めまいはもうだいじょうぶです。一、二分したら、追いつきます」

「ほんとうに？」

「はい！　リクはわたしにくっついてはなれないから、いってください。パーティのはじまりにおくれたくないでしょ」

ザルツブルクでのつぎの日の夕方のコンサートは大成功《だいせいこう》だった。

リクをよく見ていたマエストロは、バスでヴィラにもどってきてから「昨日《きのう》のきみの演奏《えんそう》は少しバランスをくずしていたようだったが、今夜《こんや》は小さなモーツァルトのように演奏《えんそう》していた。サムエルからあとで聞いたが、昨夜《さくや》はステージがゆれていたせいで、船酔《ふなよ》いだったそうだね。ザイーナ、きみもそうだ。だから、五つの《チャリン》のひとつがたりなかったんだね」と、言った。

「そうでした？」ザイーナはききかえした。

「そうだったよ。だが今夜《こんや》は、五つすべて、いいタイミングで正しくできた」

マエストロはザイーナを見た。

「明日《あした》、われわれみんなはヴィラをはなれることになるが、きみには音楽をつづけてほしいとおもっている。おじさんへの手紙と地元《じもと》の音楽学校への推薦状《すいせんじょう》を書くとしよう。きみがまなべるようにたのんでみよう」

「トライアングル。少し退屈《たいくつ》な楽器《がっき》なのよね」ザイーナは正直《しょうじき》にうちあけた。

「なにをならいたいの？」

「ドラム！」ザイーナはすぐにこたえた。

「お父さんが才能《さいのう》あるブガラブーの演奏家《えんそうか》だったと言いましたが、だからわたしもきっと、ドラムの上手《じょうず》な音楽家になれるとおもいます。きちんとまなべたなら、有名《ゆうめい》なドラマーになれるかもしれないし、そうなったら、わたしにオーストリアでの滞在《たいざい》許可《きょか》がでるはずだと、推薦状《すいせんじょう》に書くことができますね？」

マエストロが共感《きょうかん》のまなざしで、ザイーナを見つめているとリクはかんじた。

「必《かなら》ずそのことをほのめかして、推薦状《すいせんじょう》を書いておこう」とマエストロは言った。

「だが、まじめにおそわると約束《やくそく》しなければいけないよ。国際少年少女《こくさいしょうねんしょうじょ》オーケストラはほかの国で、来年また会うことになっているのだからね。きみたちふたりも、また応募《おうぼ》すべきだ」

翌日《よくじつ》の午後、さよならを言わなくてはならない時間がやってきた。バスが空港《くうこう》と駅《えき》にみんなをつれてゆく。だきあい、アドレスを交換《こうかん》しあう団員《だんいん》の「連絡《れんらく》をとりあおう」という約束《やくそく》の声が空にひびいていた。

ザイーナだけがひとりぼっちでひっそり立っていた。

リクはザイーナのところへいった。

「ぼくらも書こうね。これがぼくのメールアドレスだ」

「わたしのメールアドレスはないの。携帯電話《けいたいでんわ》をもっていないから。もうひとつ買う余裕《よゆう》はないとおじさんが言うの」ザイーナはくちびるをかんだ。

「それでもぼくらは連絡《れんらく》をとりあわなくちゃねっ！」と、リクは言った。「じゃあ、ぼくが毎週手紙を書いて、あの古いポストホテルにおくるよ。これがぼくの家の住所と電話番号だ」

リクは紙切れとペンをとりだして書いた。

ザイーナはそれをうけとって、目に涙《なみだ》をためて、うなずいた。

「リクがここにのこってくれたらいいのに」ザイーナがささやいた。

「ザイーナがぼくといっしょにくればいいのに」とこたえたリクは、とつぜんおもいもよらなかったかなしみをかんじた。そしてこの瞬間《しゅんかん》、ある考えがうかんだ。

「もしきみがすぐに会いにくるなら、両親にたのんでみよう。きみはぼくの家に泊《と》まれるよ。ぼくのおじいちゃんをきっとすきになるし、おじいちゃんもきみをすきになるはず。夏合宿《なつがっしゅく》に応募《おうぼ》する来年まで待たなくていいんだよ」

ザイーナが会いにきてくれることを話していると、さよならを言うのは、とても簡《かん》単《たん》なことのようにリクはおもえた。

「そうね。そうなったらすてきね」ザイーナは静《しず》かに言った。

「すぐにだ。約束《やくそく》しよう。すごくたのしい時間がすごせるよ」リクはわくわくして、くりかえした。ザイーナがリクの興奮《こうふん》をわかちあっていないと気づかずに。

ザイーナはリクに言えなかった。休暇《きゅうか》や夏合宿《なつがっしゅく》でも、難民《なんみん》はある国からほかの国へ旅行《りょこう》ができないと。

バスがリクとほかのメンバーをのせてヴィラからさってしまうと、ザイーナは丘《おか》にのぼり、礼拝堂《れいはいどう》まで歩いた。

石の小さな祭壇《さいだん》のまえに立って、ようやくザイーナは泣《な》くことができた。長いあいだ泣《な》いていた。それからほおの涙《なみだ》をぬぐいさって、大きな声で言った。

「連絡《れんらく》しあいましょう、そうするわ。ちゃんとまなんでドラムをたたけるようになる。

才能《さいのう》ある音楽家なら、オーストリアに住まわせてくれるでしょ。とどまることが許可《きょか》されれば、いきたいところはどこへでも旅行《りょこう》できるでしょ。ねっ、リク！」

第3章　日本で

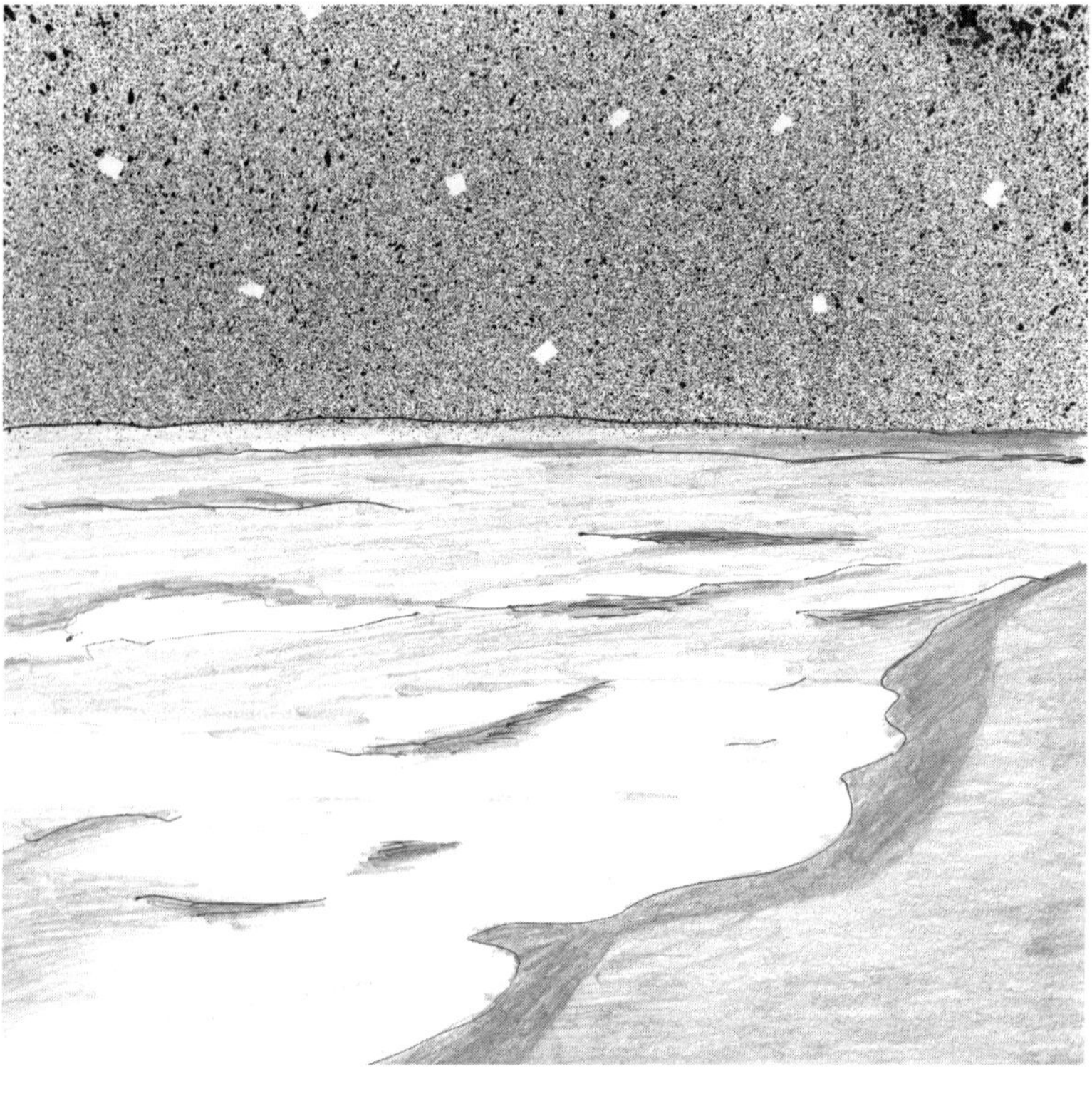

バベルの塔《とう》

日本にもどったリクは、毎週ザイーナに、メールのような文章で、手紙を書いた。携帯電話《けいたいでんわ》をもっていないザイーナに手紙をだして、ポストをのぞきながら一週間ほど返事を待つという毎日が、リクは気に入っていた。

ザイーナ、元気?

見なれた町にもどってきたのにヘンなかんじがする。日本語しか聞こえないことがヘンにかんじてしまう。この町には日本人しかいないのだから、おかしなことではないのに。まわりに日本人しかいないことをおかしいと、はじめて気づいたんだ。

オーストリアでは、みんながドイツ語を話しているとおもっていたから、ドイツ語の勉強をしていったけど、ちがっていた。夏合宿《なつがっしゅく》でも英語《えいご》が共通《きょうつう》の言語《げんご》で、国際少年少女《こくさいしょうねんしょうじょ》オーケストラだから、いろんな国からきたメンバーは、ときどき母国語《ぼこくご》を話したし、いろんな国からの観光客《かんこうきゃく》もいたし、きみのような難民《なんみん》も、むかし難民《なんみん》だった人もいたから、自分の国のことばを大声《おおごえ》でしゃべっている人があちこちにいた。

ハプスブルク家《け》が戦争《せんそう》をしないで結婚《けっこん》で、国を大きくした多民族国家《たみんぞくこっか》、いろんな民《みん》族《ぞく》からできている国だと、オーストリアの歴史《れきし》でまなんでいたけど、あんなにいろんな国のことばが聞こえてくるとはおもっていなくて、とてもおどろいた。それはいろんな民族《みんぞく》から国ができた歴史《れきし》がつづいていて、今もいろんな国の人たちがオーストリアにきて住んでいるってことだと気づいた。

メロディーがドイツ語だとすると、ドイツ語にひびきあおうとするかのように、いろんな国のことばが聞こえてきた。じっさいは、ひびきあわない不協和音《ふきょうわおん》にしか聞こえないのだけれど、ぼくの耳はそれになれてしまったみたい。

騒々《そうぞう》しくって、うるさいなあとかんじていたちがう音のかさなりあいが、心地《ここち》よくなっていた。いろんな国の人がいて、おもったことを堂々《どうどう》と話している。ひびきあわないような不協和音《ふきょうわおん》がひびきあおうとしているみたいに聞こえてきて、いいなあとおもった。ぼくの町は、ひとつの音だけでできているみたいで、それにとっても静《しず》かだよ。口を大きくあけないし、もぞもささやく、ってかんじ。子どもは大声《おおごえ》で、はしゃぐけどね。会いにきてくれたなら、きみにもぼくのこの感覚《かんかく》がきっとわかるよ。

ザイーナ、きみがぼくの大切《たいせつ》な友だちだと、両親にも、おじいちゃんとおばあちゃんにも話してあるからね。きみが最後《さいご》のコンサートでどんなふうにぼくをたすけてくれたかについても、もちろん、つたえてある。だから日本にきたら、ぼくの家に泊《と》まれるよ。また手紙書くね。

リクより

リク、手紙ありがとう。

わたしの国はいろんな部族がいて、ちがうことばで話すから、公用語《こうようご》という共通《きょうつう》のことばが英語《えいご》。だから学校で英語《えいご》をまなぶの。みんな元気に大声《おおごえ》でしゃべるから、耳に聞こえてくるかんじはオーストリアとおなじかもしれない。

バベルの塔《とう》って、知ってる？

旧約聖書《きゅうやくせいしょ》の創世記《そうせいき》のバベルの塔《とう》の話を教会《きょうかい》で聞いたことがあるの。それは箱船で、洪水《こうずい》を生きのびたノアの子孫《しそん》ニムロデ王が、自分の力をしめそうと、人々《ひとびと》をあつめ、空にとどくほど高い塔《とう》をめざしてつくりはじめた。すると神さまが怒《おこ》って、塔《とう》づくりをやめさせようと、人々《ひとびと》にちがうことばを話させた。世界中の人々《ひとびと》がちがうことばで話すようになったはじまりね。

ことばがちがえば、わかりあえない。だから神さまの思惑《おもわく》どおり、塔《とう》は完成《かんせい》しなかった。それでも今、ちがうことばをもつわたしたちは、わかりあおうとしている。不協和音《ふきょうわおん》がひびきあおうとしているかのように、リクの耳には、いろんな国のことばが、わかりあおうとしているみたいに聞こえたってことでしょ。

わたしたちは英語《えいご》でわかりあおうとした。それにいつもわたしたちはおたがいの心の声を聞いていた。リクがつらいことを話してくれたから、わたしも正直《しょうじき》になんでもリクに言えた。だから友だちになれたのよね。

リクにつなみの話を聞いたあのとき、波にのまれた人たちが見えて、「みんな海の底《そこ》にいる。お姉さんはひとりぼっちじゃない」とリクにつたえたかった。「ひとりぼっちじゃない」と、わたしも自分をはげまして、音楽学校で勉強をがんばっているわ。マエストロの推薦状《すいせんじょう》のおかげよ。オーケストラの合宿《がっしゅく》に参加《さんか》できたときから「ありがとう」と心から感謝《かんしゃ》できるようになったの。しあわせなことでしょ。

ザイーナより

つぎの物語

一週間、二週間とすぎてゆくなか、リクの耳はしだいに日本の静《しず》かさになれてきた。ときどきむこうにいた感覚《かんかく》がよみがえることもあるけれど。そんなある日、リクに地《ち》方新聞《ほうしんぶん》の記者《きしゃ》から連絡《れんらく》があった。

「国際少年少女《こくさいしょうねんしょうじょ》オーケストラの団員《だんいん》にえらばれて、オーストリアのザルツカンマーグートのヴォルフガング湖《こ》のほとりにある村で、夏休みに音楽の勉強をして、もどってきたそうですね。インタビューをしたいのですが・・」

リクは「はい」とこたえて、大きなクスノキのある小さな神社《じんじゃ》の赤い鳥居《とりい》のまえで待ちあわせをした。

「はじめまして、モリヤママモルです。大学を卒業《そつぎょう》して、新聞社《しんぶんしゃ》にはいったばかりの記者《きしゃ》一年生です。よろしく」記者《きしゃ》の声は少し緊張《きんちょう》していた。

それから、よこに立っている青年《せいねん》を紹介《しょうかい》した。

「こちら、いとこのソラ、高校二年生。この町の友だちに会いたいというので、いっしょにきました。インタビューをおえたら、きみと話したいそうで、いいですか」

リクはどういうことかわからないまま、「はい」とこたえた。

モリヤマは鳥居《とりい》の奥《おく》にある神社《じんじゃ》を見て、たずねた。

「この神社《じんじゃ》は？」

「ぼくが姉とよくあそんだ場所です。つなみで松林《まつばやし》がなくなってからは、ここでバイオリンの練習をしていました。静《しず》かで、だれにもじゃまされないから」

「そうですか。坂道と石段《いしだん》はきつかったけれど、ここから見る景色《けしき》はすばらしいですね。さてと、インタビューをはじめますか」モリヤマはたずねた。

「よかったら、ぼくの家のおばあちゃんの庭にいきましょう。ここからすぐです」とリクはこたえた。


リクを先頭《せんとう》に三人は、神社《じんじゃ》からの石段《いしだん》と細い急な坂道をおりて、家にむかった。秋風が心地《ここち》よく、雲ひとつない空がひろがっていた。

リクと記者《きしゃ》とソラは、庭が見わたせる屋根《やね》つきデッキのベンチにすわった。足もとにスピランセス、おばあちゃんが「ネジレバナ」と呼《よ》んで、「雑草《ざっそう》じゃないのよ。よく見てごらん。ねじれているところが、女の子のあみこんだ髪《かみ》のようでしょ」と言っていた白とピンクのかわいい花があちらこちらに咲《さ》いていた。おばあちゃんにとってウミをおもいだす大切《たいせつ》な花だった。

「はじめての海外《かいがい》でしたよね？　どうでしたか」とモリヤマはたずねた。

ザンクト・ヴォルフガングの村のうつくしさ、世界中からきた仲間《なかま》と音楽をまなんだたのしさとたのしいだけじゃないマエストロのきびしさをつたえてから、「あっというまに、最後《さいご》の週になりました」とリクは言った。

「最終週《さいしゅうしゅう》に湖をまえにつくられたステージで、コンサートが予定されていました。ところが当日《とうじつ》、それが水上ステージになっていて。湖のまえでもこわいのに、水にうかぶ舞台《ぶたい》で演奏《えんそう》するなんて、ぼくはいっしょうけんめいに練習していたのに、コンサート本番でこわくなり、友だちがたすけてくれなかったら、にげだしていました。でも友だちのおかげで、最後《さいご》までバイオリンをひきつづけることができました」

リクはおもわず正直《しょうじき》にうちあけてしまい、うつむいた。

モリヤマはおどろいた顔をしたまま、つぎのことばにつまった。

「水がこわかったんだね。つなみのことをおもいだすから？」

インタビューがまだおわっていないにもかかわらず、ソラがたずねた。

「わからない。あの日から海に足をつけることさえこわくなった。オーストリアには海がないんだから、これは湖だから平気《へいき》だと、自分に言い聞かせたんだけど、だめだった。ほんとは、自由時間《じゆうじかん》の水遊びもできなかった」と、リクはこたえた。


しばらくつづいた沈黙《ちんもく》のあと、ソラがたずねた。

「リクくん、きみはウミの弟だよね？」

「えっ！」

「ウミは？」

どういうこと？　記者《きしゃ》のいとこが、なぜウミのことをたずねるのだろう。リクはわけがわからなくなって、だまっていると、ソラが言った。

「ぼくはこの町に住んでいたことがあってね、小学校五年生のとき、ウミとおなじクラスに転校《てんこう》してきて、ぼくは学期の途中《とちゅう》でひっこしたんだけれど、ウミとは手紙やメールで、連絡《れんらく》しあっていたんだ。ウミはぼくのはじめての大切《たいせつ》な友だちだ。ほんとは、おばあちゃんのこの庭も畑もきたことがあるから、知ってる。鳥小屋《とりごや》のニワトリもね。リクくんのことは、ウミの手紙によく書いてあったから。いとこのマモルくんがリクくんのインタビューをすると知ったとき、もしかしたらウミの弟かもしれない、そうおもって、マモルくんにたのんでついてきたんだ」

短いあいだだったが、ウミのクラスにいた転校生《てんこうせい》だ。放課後《ほうかご》ウミがつれてきたおとなしい少年を、リクはとつぜんおもいだした。でも、あれがこのソラくんだったの？　手紙をやりとりしていた大切《たいせつ》な友だちがいると、ウミから聞いたことはなかったし、あのノートにも書いてなかった。

「きみのことをおもいだせない」リクは残念《ざんねん》そうにこたえて「おぼえていたらよかったんだけど、だって・・」と、ことばをつまらせた。ウミになにが起きたのかをどう話せばいいのかわからない。

ソラはうなずいた。

「きみはまだ小さな子どもだったんだから、しかたないよ。おぼえていないからって気にしないで。ここをはなれてからも、ウミとはずっと手紙をやりとりしていたんだけれど、海外《かいがい》にひっこしてからは、あたらしい学校になれるのに追われて、手紙にもメールにも返事を書かなかったんだ。そのほかにやることがたくさんあって・・そのうちウミから手紙がこなくなって、メールもつながらなくなって。だから・・」

ソラは自分を恥《は》じているかのように顔を赤らめた。

「・・ウミはぼくのことを怒《おこ》っているのかとおもって・・」

「怒《おこ》ってないよ」リクはソラのことばをさえぎった。

「ひっこした国で、あたらしくはじめるってことは、そこであたらしい友だちをつくって、その友だちと時間をすごすことだと、ウミはわかっていたはずだ。ウミはそういうソラくんのこと、わかっていたよ。だけど・・だけど・・ウミはもう手紙を書けないんだ。つなみがつれさっていった。姉はおとひめさまになって海の底《そこ》にいる」

「やっぱりそうか。あの日からウミとは連絡《れんらく》がとれなかったから。でも、かすかな希《き》望《ぼう》をもっていたから、ウミの両親に連絡《れんらく》をとらなかった。ぼくはわずかでも希《き》望《ぼう》をもちつづけていたかったし、ウミが死んでいたら、きみやきみの家族になんと言っていいのかわからなかったから」

ソラはぼそりと言って、わかっていたこたえだったという表情《ひょうじょう》で、遠くを見つめた。

さっきまで明るかった空が、風にはこばれてきたのか、雨雲《あまぐも》におおわれていた。ぽつ、ぽつと、雨がふりはじめる。

リクはソラのうでにそっとふれて、「いいよ、ことばが見つからなくても。ぼくはソラくんの心がわかるから、それで十分《じゅうぶん》だ」とこたえた。

「ほんとうに？」

「うん」

リクはソラと顔を見あわせてほほ笑《え》むと、「よかったら、ウミの部屋《へや》へどうぞ」と言った。ソラはおどろいたような目をした。

「おばあちゃんとお母さんがそのままにしてあるんだ。部屋《へや》にはいると、ウミがまだ生きていて、ひょっこりあらわれるみたいなかんじがする。それはかなしいと同時にしあわせな気持ちになる」リクはソラを見つめた。

「ぼくもそうなりたい」ソラは静《しず》かに言った。

リクがソラをウミの部屋《へや》につれてゆくあいだ、記者《きしゃ》のモリヤマは「ここからさきは、じゃまをしないよ。きみたちの物語だから」と言って、庭にのこった。

「ここからの景色《けしき》がいちばんいいんだ。ウミもすきだった」とリクは言いながら、窓《まど》をあけた。カーテンが風でゆれ、遠くに海が見えた。

リクは机《つくえ》の引き出しをあけて、「ウミのノート」と言って、ソラにさしだした。

ソラはぱらぱらとページをめくりながら「ぼくの手紙に書いてあったこととおなじタイトルがたくさんある」と言ってから、ゆっくりとノートをとじて、いとおしそうに表紙《ひょうし》をなでた。

「これはウミの頭のなか、ウミが見ていた世界と見たかった世界がぎっしりつまっている、ウミのノートだ。リクくん、よかったね。すてきなおくりものをのこしてもらったね。大切《たいせつ》にしなくちゃ」ソラは言った。

ノートにあったパンフレットをリクがひろげると、ソラはおどろいた顔をした。

「これを見つけたから、オーケストラの団員《だんいん》になってオーストリアにいこうと決めたんだ。ウミの夢《ゆめ》だったのかも、とおもったから。バイオリンを毎日ひいていると、ウミがいなくてさびしい心が遠ざかって、ウミといっしょにいるようなふしぎな感覚《かんかく》になった」ウミの声にはげまされつづけた練習の日々《ひび》をリクはおもいだして言った。

それからノートの最後《さいご》のページの「あの絵」を見せた。

「これは?」ソラがたずねた。

「ウミが中学一年生のおわかれ会で上演《じょうえん》するつもりだったミュージカル『ハーメルン

の笛吹き男』のラストシーンの絵。男は笛のかわりに指揮棒、いろんな国からきた姿の子どもはいろんな楽器《がっき》をもっているでしょ。オーケストラとして演奏《えんそう》するのかもしれない。この子たちは男につれさられるのではなく、地球の未来《みらい》をすくうために自分たちの意思《いし》であつまり、海の底《そこ》へむかっている、とウミは話してくれた」

「ウミらしい物語だ」ソラは言った。

「あの日、ウミは浜辺《はまべ》でこのミュージカルの練習をしていて、もどってこなかった。つなみがウミを・・」

ソラはリクのことばをさえぎった。

「つなみにつれさられたのではなく、ウミは自分の意思《いし》で海の底《そこ》にむかい、おとひめさまになっているのかもしれない。ラストシーンの子どものように」

「ウミの意思《いし》で?」と、リクはたずねた。

ソラはリクが混乱《こんらん》しているのに気づいて言った。

「ウミがつなみで死にたかった、と言おうとしたんじゃない。ウミはにげることができなかった。でもウミは、自分の計画をあきらめていないと、ぼくはおもっている。ウミが今どこにいようが、海の底《そこ》でも、なにかをやろうとしている。ノートに書いてあることをやろうとした。ウミはやったよね？　きみをオーストリアにいかせた。そしてぼくと記者《きしゃ》でいとこのマモルくんをここにつれてきた」

ソラは窓《まど》の外を見つめて、ふふっとわらった。

「ウミに言ったことがある。ぼくは物語をしんじない、科学をしんじているからって。なのに今は、ウミがおとひめさまになって、ウミの意思《いし》でウミの計画したことをぼくらにさせようとしているって、しんじている。おかしいだろ？」

そう言ったソラはおかしいなんておもっていないように見えた。

そしてリクもまた、おかしいとはおもっていなかった。

「ぼくはおとひめさまをしんじているよ」とリクは言った。「ただの物語だと知ってるけど、それをしんじて、悪いことはなにもない。かえってぼくをしあわせにする。強くなれる。たすけてくれる」

ソラはうなずいて「そうだね、そのとおりだ。さあ庭にもどろう」と言った。

ソラとリクがベンチにちかづくと、なにかメモをしていたモリヤマが顔をあげて、「海まで散歩《さんぽ》しようか」と言った。

リクはいつものように心がとじこめられていくのをかんじたが、ソラがリクの手をにぎって、ささやいた。

「おとひめさまにたずねてみたいんだ。ぼくらは竜宮城《りゅうぐうじょう》にいけないけれど、きみの国の境界線《きょうかいせん》に立つことはできるよねって」

「いいよ」リクはこたえながら、海をこんなふうに考えたことはなかったとおもった。ソラの言うとおりだ。海はリクがおもいえがくような悪魔《あくま》のいる場所ではなく、姉のあたらしい家のある場所なのだ。


歩きはじめると、いつのまにか雨雲《あまぐも》がきえさって、明るい水色の空になっていた。三人は家からの急な坂道をゆっくりおりた。神社《じんじゃ》へゆく右の道をまがらないで、さらにすすむと道が三つにわかれている。それを左にまがってゆるやかな坂をおりた。ところどころにあった空《あ》き地《ち》も住宅《じゅうたく》もなくなり、遠くからブルドーザーの音がかすかに聞こえた。工事はつづいている。山をきりくずして、はこんだ土をつみあげているのだろう。

「ここに松林《まつばやし》があった」と、リクは立ちどまった。

視界《しかい》をさえぎるものがないので、浜辺《はまべ》が陸《りく》なら、陸《りく》と海と空がつながって見えた。夏から秋へと季節《きせつ》がかわり、出発《しゅっぱつ》まえとは、おひさまの光がちがうから、空の色も、海の色もちがって見えた。波の音も、風の音もちがう。色も音もどこかさびしそうだ。夏休みがおわり、秋になるのがさびしいかのように。

リクとソラとモリヤマは砂浜《すなはま》にならんですわった。

ソラが話しはじめた。

「ぼく、この七月までの五年間、ウィーンでくらしていたんだ。お父さんがIAEA国際原子力機関《こくさいげんしりょくきかん》の職員《しょくいん》になったから、また家族でひっこしたのさ。リクくんがオーストリアにきたのといれちがいで、帰国《きこく》していたことになる」

「えっ！」リクは声をあげた。「おたがいを知っていたら、ぼくらウィーンで会っていたかもしれなかったね。それに、もしウミがもっと早くオーケストラに応募《おうぼ》できて団員《だんいん》になれたなら、ソラくんとウィーンでいっしょの時間をすごしていたかもしれなかったのに。姉はウィーンの本をもっていた。ぼくに見せてくれて・・」

「ぼくがウミにおくったんだ。いそがしくて、ウミの手紙に返事を書けなかったからね」と、ソラはふたたび顔を赤らめた。

「姉のだいすきな本のひとつだった。ウィーンに世界中から人々《ひとびと》がやってきて、音楽をまなび、コンサートやオペラを聞きにいくのよ、とウィーンの話をしてくれたことがあったなあ」とリクは言った。

「ウミの言うとおり。リクくんもオーストリアで世界中の人たちと会ったんだよね。ぼくの学校には八十九の国からきた子どもたちがいた。はじめはなじめなくて、たいへんだったけれど。みんながぼくみたいだったらいいのにとおもっていたから。でもすぐに、ちがうことは世界をカラフルにおもしろくするると、わかるようになってきて、ほかの国の文化をまなぶことがたのしくなったし、あたらしい友だちとそれぞれの視《し》点《てん》で意見を言いあうことがすきになっていた。意見を言いあうことから多くをまなびあい、最後《さいご》はいつもわかりあおうとしていた。おたがいのちがいをみとめあっていたからね」

「ぼくも今そうかんじている」リクはソラの話をさえぎって言った。「オーケストラのメンバーからたくさんのことをまなんだよ。とくにザイーナから」

「ザイーナ？」

「うん。村の礼拝堂《れいはいどう》で出会って友だちになったザイーナは、ナイジェリアからきた難民《なんみん》で、ウミのことをうちあけたとき、ザイーナもオーストリアにたどりつくまでのつらい出来事《できごと》を話してくれたんだ。小さなボートで大海《たいかい》をわたっている途中《とちゅう》で、大波《おおなみ》がおそってきて、ザイーナのボートだけは無事《ぶじ》だったけど、目のまえで、ひっくりかえったボートにのっていたお父さんと弟の姿《すがた》が見えなくなった。たくさんの人や子どもたちが波にのみこまれたときのことをザイーナはおもいだして、『みんな海の底《そこ》にいる。お姉さんはひとりぼっちじゃない』ってリクは手紙のことばをつたえた。

「ぼくはザイーナにしか、ウミに起きたことを言えなかった。起きてしまったひどい出来事《できごと》を語ることが、どんなに大切《たいせつ》なのかをおしえてくれたのもザイーナだった」

「そうおもうよ。そのとおりだ。きみがウミのことを話してくれたから、かなしみをぼくらはわかちあえた。手紙できみの両親にウミのことをたずねなかったのは、ぼくひとりでかなしみのなかにいたくなかったからだ。日本ではかなしみについてあまり語らない。過去《かこ》に起きた悪いことをおぼえているのはよくないからと、まえを見るようにおしえられてきたけれど、そうじゃない！」

むこうから子どもの声が聞こえた。

「海にはいってもいい？」

「ちょっとだけならね。くつをぬいでからにしなさい」

女の子と男の子がお母さんと浜辺《はまべ》にいた。

「きゃっ、きゃっ」子どもたちはたのしそうにさけびながら、波がくると水からにげて、波がひくと水にはいっていった。よせてはかえす波にあわせて、子どもたちの足がまえにうしろにうごいた。


「ウミとあんなふうにあそんでいたなあ」リクはこわさをわすれようと必死《ひっし》だ。

リクが子どもたちにむけていた目をもどすと、ソラと目があった。

「あの子たちのように、ぼくも波とあそぼうかな。リクくんもおいでよ」

ソラはスニーカーをぬいで、走りだした。

それからリクのほうをふりかえって、「おいでよ」とソラは手をふった。

このタイミングでのソラのとつぜんの行動はウミそっくりだ。リクはこわさをはらいのけて、ウミを追いかけていたあのころのように、裸足《はだし》になってソラを追いかけた。

波うちぎわで立ちどまり、リクとソラはならんで海をながめた。

ソラはリクの手をぎゅっとにぎった。

モリヤマはメモを手に砂浜《すなはま》にすわっていた。過去《かこ》のかなしみをおぼえていることの大切《たいせつ》さについて、ソラとリクが話していたことはまちがってないとおもいながら、デスクはこういうテーマを紙面《しめん》に書かせてくれるだろうかと、ふたりを見つめていた。


ソラはリクの目を見て、言った。

「ぼくがウミからまなんだのは、ほんのちょっと勇気《ゆうき》をもつ、ということだ」

それからソラは、遠く海のかなたに目をむけて、こうつづけた。

「ウミと出会ったころのぼくは、ひとりひとりちがうことをわすれてあつまっているクラスのみんなが、群《む》れにおもえてこわかった。ウミはぼくに、おなじ群《む》れに見えてもほんとうはみんなちがっているのだからと、ぼく自身《じしん》になることをおしえてくれた。ぼくのままでいることが大切《たいせつ》だとおもうと、ひとりになっても、きらわれても、こわくなくなった。けんかになっても自分の考えを言えたしね。ほんの少しの勇気《ゆうき》をもつだけでよかったんだ」

「ほんの少しの勇気《ゆうき》」それはわかっている。オーストリアの湖で、勇気《ゆうき》をもってがんばって、水にはいってみたけど、だめだった。こわくてパニックになった。

リクはそっと目をとじて、耳をすませてみた。

「リク、わたしをのみこんだ海じゃない。今はわたしがまもっている海よ」と、波がウミの声でささやいているようだ。あの日のおそろしい海がきえさって、たのしくあそんだ思い出の海がリクに見えた。

ウミの「早くぅ」という声がする。リクは「待ってよぉ」とこたえていた。あのころに心をもどせばいい。あのころの感覚《かんかく》をおもいだせばいい。なにもこわくない。ほんの少しの勇気《ゆうき》があればいい。ゆっくり一歩一歩《いっぽいっぽ》、リクは足をまえにすすめて、海水にひたした。もっともっと深くまでいってみよう。ここで泳ぐ姿《すがた》をおもいえがくことができた。

ソラがリクの肩《かた》をやさしくだいて、「できたね」と言った。

ソラはウミのことばをおもいだしていた。「ソラとウミとリク、水でつながっている。わたしたちの名前は特別《とくべつ》。つながっているの。水のじゅんかんよ」

「そのとおり、ほら、ぼくらはつながっている」ソラは心のなかでウミにこたえた。

記者《きしゃ》のモリヤママモルはデスクにたのんでみようと決め、リクの家の裏《うら》にあるうごかない山のように、ふたりを静《しず》かにみまもっていた。

ザイーナからの電話

リクへのインタビューをこれからもつづけたいと、モリヤマから連絡《れんらく》があった。もっと時間をかけて、連載《れんさい》のかたちで記事をまとめたいそうだ。リクは「よろこんで」と返事をした。

「元気?」「なにしている?」などとソラからメールがきた。ときどきソラがひょっこりあらわれて、海へいっしょにいき、浜辺《はまべ》でウミの話をして、たのしくすごした。

「来年の夏に、泳ぎにくるからね」リクは心のなかでウミに約束《やくそく》した。

帰国《きこく》から二か月、ザイーナからの手紙の返事で、引き出しがいっぱいになったころ、とつぜんリクに電話があった。

「もうオーストリアにいることができない。ナイジェリアへおくりかえされてしまう。命がけで、海をこえてにげてきたのに。帰りたくない。たすけて！」

ザイーナは、おじさん、おばさんと呼《よ》んでいた人を家族として、難民認定申請書《なんみんにんていしんせいしょ》をだしていたが、みとめられなかったのだ。おじさんとおばさんは管理局《かんりきょく》にもういちど話を聞いてほしいとたのんでいたが、ザイーナは「おくりかえされるだろう。ナイジェリアのほとんどの人がおくりかえされている」と、希望《きぼう》をうしなっていた。

リクの頭のなかはまっ白だ。どうしたらいいのかわからなかったが、ザイーナをたすけてあげたかった。「なんとかする」とリクは言ってから、「ほんとうは難民申請《なんみんしんせい》のことはよくわからないけど、たすけてあげたい。だから、ぼくをしんじて待っていて。しらべてみて、また連絡《れんらく》する」とこたえた。

リクはつぎつぎと単語《たんご》を入力《にゅうりょく》して、ネットでしらべはじめた。パソコンの画面にうつしだされた文字を目で追ってよんだ。「ナイジェリアは・・」「難民《なんみん》とは・・」「日本の難民認定申請《なんみんにんていしんせい》について・・」「とても少ない難民認定者数《なんみんにんていしゃすう》・・」リクは色鉛筆《いろえんぴつ》で、図をかいたりしてノートにまとめた。ソラと記者《きしゃ》のモリヤマに、ザイーナからとつぜん電話があったことをメールで知らせ、わからないことを質問《しつもん》した。
ソラとモリヤマはリクといっしょに、日本の難民《なんみん》についての情報《じょうほう》をさがした。真夜中《まよなか》になって、ソラから「もうやめよう。ねむらなくちゃ。明日《あした》またつづけよう。ぼくがてつだってあげると約束《やくそく》するから」とメールがあった。しかし翌日《よくじつ》も安心《あんしん》できる情報《じょうほう》を見つけることはできなかった。

ほかの国に旅行《りょこう》できないなど、難民《なんみん》は許可《きょか》なしにできないことがあると、リクは今はじめて知った。「きみが日本にきたなら、ぼくの家に泊《と》めてあげるよ」と言っていたことをおもいだして、なにも知らなかったことを恥《は》ずかしいとおもった。難民《なんみん》と避《ひ》難民《なんみん》は、呼《よ》びかたのちがいだけではなかった。

「ザイーナのお父さんのように、ころされたお母さんのために正しいことをもとめたら、仕事《しごと》も車も家もうしない、国をでて難民《なんみん》にならなければ命があぶない、そういう場所にぼくがもし生まれたら」と、リクはおもいえがいてみた。

とつぜんリクの頭にある物語がうかんだ。『はだかの王さま』だ。物語の最後《さいご》に、「だけど、なんにも着ていないじゃないの！」そうさけんだ子どもは、どうなったのだろうか。王さまのけらいも町の人も、だれもほんとうのことを言わないのに、真実《しんじつ》を言った子どもは、とらえられてころされたのかも。

子どものことばが正しいと気づいた大人《おとな》が勇気《ゆうき》をもってさけんだなら、子どもはころされないはずだ。たくさんの人がさけべばさけぶほど、大きな力になって、まちがった世界をかえることができるはずなのに。

正しいことを正しいと言えない場所、まちがっていることをまちがっていると言えない場所に生きているとしたら、ザイーナの家族のように、にげだすだろう。にげた国のオーストリアに住むことをみとめられず、ナイジェリアにもどりなさいと言われたなら、つぎににげる国をさがすしかない。そのつぎの国がリクのいる日本だ。

「日本でもオーストリアのように難民認定《なんみんにんてい》の申請《しんせい》ができる。でも、オーストリアでみとめられなかったのに、日本でうけいれてもらえるのだろうか。日本のあまりにも少ないうけいれ人数《にんずう》を考えると、どうすればいいのだろう」

リクはあきらめないで、自分の頭で考えつづけた。

日本ならリクの家に住める。リクの家族が世話《せわ》をしてあげられる。リクの家の子どもになってもいい。リクとおなじ学校にいき、音楽の勉強もつづけられる。それにはまず、ザイーナが日本にきて、難民認定《なんみんにんてい》されなければならない。

ザイーナが日本にくるには飛行機代《ひこうきだい》があればいい。お金が必要《ひつよう》だ。お金があっても、難民《なんみん》はほかの国にいくことができない。身分証明書《みぶんしょうめいしょ》であるパスポートがないからだ。リクが日本でパスポートをつくり、ドイツのミュンヘンからオーストリアのザルツブルクにいけたように、ザイーナのパスポートは、オーストリアで難民認定《なんみんにんてい》されないなら、ナイジェリアでつくるしかない。でもザイーナはナイジェリアへもどりたくないから、パスポートをつくられない。パスポートがあれば日本にこられるのに。

迷路《めいろ》にはいったみたいに、堂々《どうどう》めぐりで、考えても壁《かべ》にぶつかる。解決《かいけつ》の出口《でぐち》がリクには見えない。

おとひめさまのうた

リクにとって、ザイーナは大切《たいせつ》な友だちだ。最後《さいご》のコンサートで必死《ひっし》にたすけてくれたザイーナを、リクはなんとしても日本につれてきてあげたい。まずはお金をあつめよう。でもお金があってもザイーナをつれてこられない。なにができるのか。音楽、バイオリン、それから・・。

しおりにつかっていた水族館《すいぞくかん》のチケットがリクの目にはいった。小さいころだったから、ずいぶん古い。イルカショーの写真《しゃしん》だろうか。水面からジャンプしたイルカが弧《こ》をえがいていた。イルカの背《せ》にあるシミが子どもの姿《すがた》に見えた。まるでイルカにのっているみたいだ。

とつぜんリクにザイーナの声が聞こえた。

「みんな海の底《そこ》にいる。お姉さんはひとりぼっちじゃない」

ウミがおとひめさまになった海の底《そこ》をおもいうかべた。そこにはザイーナの弟も、おぼれて命をうしなった子どもたちがみんないた。

だれも声にだして語らないが、語るべきだ！　大人《おとな》はここにいる子どもたちのことを語るべきだ。

リクはなにも考えずに紙に鉛筆《えんぴつ》を走らせた。おとひめさまになったウミがうたっているのが聞こえてくるみたいに、ことばが自然《しぜん》とうかんでくる。


海をこえて、いきたいのに、いけなかった子どもたち。

国をこえて、生きたいのに、生きられなかった子どもたち。

いきたいところで生きて、やりたいことがたくさんあった子どもたち。

今日《きょう》につづく明日《あした》があるとしんじていた子どもたち。

つめたい大きな波が子どもたちをのみこんだ。

子どもたちはどこにいるの。


ひとりぼっちはさびしい。

クジラさん、イルカさん、

子どもたちをさがして、
海の底《そこ》、竜宮城《りゅうぐうじょう》へつれてきて。
ひとりひとりの居場所《いばしょ》をつくって、
待っているからと、
おとひめさまはささやいた。

クジラとイルカの歌声で、仲間《なかま》があつまった。
クジラとイルカが子どもたちを見つけた。
クジラにのって、イルカにのって、
世界中の海から、子どもたちがやってきた。

波のない凪《なぎ》のように、海の底《そこ》には争《あらそ》いがない。
愛《あい》する人にだきしめられたように、海の底《そこ》はあたたかい。
星のかがやく空のように、海の底《そこ》は音がない。
子どもたちの夢《ゆめ》がことばになったとき、

うつくしい音楽がひびきあうように、海の水がゆれうごく。

地上にいる子どもたち、
水に耳をすませてみて、
なにか聞こえるでしょう。
なにかつたえているでしょう。
音のない世界から音のある世界へ、
なにかがとどけられるとき、
ふたつの世界の子どもたちが手をつないで、
あるべき未来《みらい》をつくりましょう。

歌ができた！　リクはバイオリンを手にして、すぐにメロディーをつけた。
おとひめさまは海でおぼれた子どもたちをあたたかくむかえて居場所《いばしょ》をつくった。
子どもたちは自分の国をにげださなければならなかった。なのに生きている大人《おとな》は、命がけで海をわたって生きのびた子どもたちをむかえいれてくれない。この歌はこういう大人《おとな》に語りかけたい。

日本中にこれをひろめる方法《ほうほう》を見つけなくては、とリクはおもった。

歌はママの合唱団《がっしょうだん》にたのもう。バイオリンの演奏《えんそう》と合唱団《がっしょうだん》の歌で、ザイーナのことを知ってもらう動画をつくり、配信《はいしん》して、お金をあつめよう。

リクはザイーナからの電話のことをママにつたえた。「ぼくにできることからはじめてみた。おとひめさまになったウミをおもいだしてつくったんだ」と、できあがった歌をママにわたして、リクはバイオリンでメロディーをひいた。

「ウミはひとりぼっちじゃないのね」ママは歌詞《かし》を見ながら言った。リクのまえで、ママがウミのことを口にしたのは、はじめてだった。「いいわ。とてもいいわ」と、なんども歌を口ずさんだ。そしてこう言った。

「ママもできることはどんなことでもするつもりよ。簡単《かんたん》なことではないとおもうけれど、解決《かいけつ》への道をさがしましょう。ザイーナがいいなら、日本で、この町で、ここで、いっしょにくらしましょう」

リクはうつくしいハーモニーをつくるために、ピアノでひびきあう音を見つけ、ソプラノ、メゾソプラノ、アルトとそれぞれのパートを音符《おんぷ》にして、楽譜《がくふ》を完成《かんせい》させた。

おなじ痛《いた》み

翌週《よくしゅう》のママの合唱団《がっしょうだん》の練習日に、リクは建《た》ったばかりのコミュニティーセンターへいった。ピアノを置《お》いたこぢんまりしたホールが週一回の練習場《れんしゅうじょう》になっていて、メンバーの何人《なんにん》かがすでにあつまっていた。

「リクくんじゃない？」

「えっ？　ミナちゃん？」

「そう。ひさしぶり」

こんなところで小学校三年生のときおなじクラスだったミナに会うなんて、リクはおどろいた。あのころのミナはリクより背《せ》が高かったのに、今はリクがミナをちょっと見おろしていた。

「オーストリアから帰ってきていたのね。リククんはすごいなあとおもって」

ミナは元気な声で言った。

「そうそう、リククん、大地震《おおじしん》のとき、ずっとゆれていて、こわくて、泣《な》きだしたわたしの手をにぎってくれたよね。あのときはありがとう」

リクは恥《は》ずかしそうにうつむいた。

「あの日以来《いらい》だね。リククんと話すの。おなじクラスで席《せき》もとなりだったし、あのころのリククんとわたし、なかよしだったのにねっ。ハサミであらゆるものが切られたみたいに、あの日からみんながバラバラになってしまったよね」

「うん、学校では元気なふりをするだけでせいいっぱいだった」とリクはこたえた。

「わたしもそう。ねえ、わたしとなかよしのユキちゃんのことおぼえてる？」

「うん」

「あそこにユキちゃんがいるわ。ユキちゃん！」ミナは手をふって呼《よ》んだ。

ユキはふりむいた。

「ユキちゃん、リククんよ。びっくりでしょ」

ユキはこっくりとうなずいた。

「えーと、リクくん、今日《きょう》はどうしたの？　合唱団《がっしょうだん》を見にきたってわけ？　ここのホール、はじめてだよね？」とミナがたずねた。

リクは「うん」と首をこくりとした。

「わたしたちもここができてからなの。それまでは仮設住宅《かせつじゅうたく》の集会場《しゅうかいじょう》で練習していたから。ユキちゃん、リクくんに話していいかな？」

ミナがユキを見つめると、ユキの目が「いいよ」と言ったようだ。

「ユキちゃん、家をながされて、仮設住宅《かせつじゅうたく》でくらしているの。わたし、ユキちゃんのそばにいてあげたくて、ユキちゃんのところに毎日かよって、放課後《ほうかご》はいつもいっしょで。リクくんのお母さんの合唱団《がっしょうだん》の活動を知ったとき、ユキちゃんをさそってメンバーになったの。ユキちゃんは歌がすきだし、声がきれいだから」

ミナの話はつづいた。

「ユキちゃんはソプラノ、わたしはメゾソプラノで、パートはちがうけれどならんでうたうの。だからわたしより高い音でうたうユキちゃんの声が、耳のよこで聞こえてきて、わたしはその音にあわせて、ユキちゃんより低い音をだすとねっ、音がひびきあってハーモニーになるのよ。それってすてきなこと。とってもおもしろい」

ミナはひとりでしゃべりつづけた。

「ユキちゃんとわたしって、わたしばかりが話して、ユキちゃんがだまって聞いている。もちろんユキちゃんも、ときどき話すわよ。ときどきだから、ユキちゃんのことばって、心にひびいてくるの。ううん、ユキちゃんはじっと聞いて、じっくり考えて、ことばにするからだよねっ」

ユキはミナのよこで、恥《は》ずかしそうにわらった。

「でね、合唱団《がっしょうだん》でうたうときおもうの。ユキちゃんは歌のときだけじゃなくて、いつも耳をすませて、いろんな音をひろっているんだなあって。それはこんなかんじなのかなって。世界って、耳をかたむけると、たくさんの音でできていて・・」

「さあ、はじめましょう」

ママの声が聞こえなければ、ミナは話しつづけただろう。

リクはママに紹介《しょうかい》されたあと、合唱団《がっしょうだん》のみんなをまえに説明《せつめい》した。夏休みにオーストリアで音楽をまなんできたこと。そのとき友だちになったザイーナという少女がナイジェリアからの難民《なんみん》だということ。国をでなければならなかった理由《りゆう》。ボートで海をわたったときのこと。オーストリアで難民申請《なんみんしんせい》がみとめられずに、ナイジェリアにおくりかえされるが、帰りたくないこと。家族をうしないひとりぼっちのザイーナは、安全《あんぜん》な国でくらしたいとねがっていて、それをかなえるために歌をつくったこと。

「ぼくのバイオリンの演奏《えんそう》で、みんながこの歌をうたい、それを動画にして、ネットにのせて、もっとたくさんの人にザイーナのことを知らせたい。日本にくるお金をあつめたい。協力《きょうりょく》してほしいんだ」とリクは言った。

リクに拍手《はくしゅ》が聞こえた。顔をかがやかせて手をたたいているミナのとなりで、ユキもほおを赤くして手をたたいている。ママは満足《まんぞく》そうになんどもうなずいていた。

それぞれのパートにわかれて練習がはじまった。ミナが話していたように、ユキはソプラノ、ミナはメゾソプラノで、いちばんまえの列にならんでうたっていた。つぎの練習日に撮影《さつえい》することにして、今日《きょう》の練習がおわった。

ミナとユキがりんごジュースをもってきて、リクに「はい」とさしだした。

「いい歌ね。おとひめさまは、もしかして、リクくんのお姉さんのこと？」とミナがたずねた。「あっ、ごめん。こんなこと、きいちゃいけなかった？」

「ううん、だいじょうぶ」とリクはこたえた。「そうだよ。ウミのことを歌にしたんだ。それから、ザイーナのように海をわたっていて、波にさらわれた子どもたちのことも。あの日、ぼくらの海でのみこまれていった子どもたちのことも」

「波はいろんなものをながしていった。わたしの家、わたしの大切《たいせつ》なものを・・」

ユキは声にしたひとつひとつのことばをたしかめるように言った。

「あの日、学校の屋上《おくじょう》から、いろいろなものがながされていくのを見ていたけれど、なにが目のまえで起きていたのか、よくわからなかった。なんだったのかわからないけれど、今でもここが痛《いた》いと言っているの」とユキは胸《むね》に手をあてた。

ミナは「わたしも」とぼそりと言って、うつむいた。

リクもあの痛《いた》みをおもいだして、うなずいていた。

ユキの口からことばがあふれだした。

「大人《おとな》はみんな、あの日をわすれてほしいとおもっていた。あの日がなかったかのように成長《せいちょう》して、しあわせになってほしいとねがっていた。海にちかづかないでと言われているように、いつもかんじていた。お父さんやお母さんをかなしませたくないし、学校でも大人《おとな》の期待《きたい》する子どものふりをしてがんばっていたけれど、そんなことうまくできるわけないじゃない。でもミナちゃんといっしょのときは、わたしがわたしでいていい時間だった。ミナちゃんがなんでもおもったことを口にするから、わたしの心が自由《じゆう》になって、口からことばが生まれるの。話してもなにもかわらないって、大人《おとな》はおもっている。現実《げんじつ》はかわらないかもしれないけれど、心は軽《かる》くなっていくの。ときどき両親に内緒《ないしょ》で、ミナちゃんと海にいって、大声《おおごえ》でさけんだわ。うたうときもそう。心を自由《じゆう》にしてうたうの。だって、歌って、音楽って、心をとどけるためのものでしょ」

ユキは涙《なみだ》でうるんだミナの目を見た。

「今日《きょう》リクくんの話を聞いて、ザイーナさんに会いたい、友だちになりたい、っておもったの。つらいものを見たのは、わたしたちだけじゃない、つらいおもいをしているのは、わたしたちだけじゃないんだって気づいた。住む場所をうしなうことは、世界中で起きていたのね。わたしたちは避難民《ひなんみん》と呼《よ》ばれ、ザイーナさんは難民《なんみん》と呼《よ》ばれるけれど、おなじものをかかえて生きている。わたしのここに痛《いた》みがあるから、ザイーナさんの痛《いた》みが少しはわかるはず。ミナちゃんがそばにいてくれたように、わたしもザイーナさんをだきしめて、そばにいてあげたい」

避難民《ひなんみん》のぼくらとザイーナのような難民《なんみん》は大きくちがう、とリクはおもったが言わなかった。それよりもユキの「痛《いた》み」ということばがリクの心にひびいたからだ。心が痛《いた》かった経験《けいけん》はザイーナとおなじ、避難民《ひなんみん》も難民《なんみん》もおなじだ。

「ユキちゃん」ミナがユキの手をぎゅっとにぎった。「じゃあ、ぜったいにぜったいに、ザイーナさんをなんとかしてあげようね。日本につれてこようよ」

「ありがとう」とリクは言った。

「あのとき、世界中からたくさんのボランティアの人がこの町にきたよねっ」

「うん。ぼくらの町にいろんなことばが聞こえていた。沈黙《ちんもく》していた町に、にぎやかな声がひびき、心に風が吹《ふ》きこんできて、とじこめられていた箱のふたがあいたような解放感《かいほうかん》があった。ほんの少しのあいだだったけど」リクはこたえた。

「いろんな国からのボランティアの人たちがたすけてくれたね。こんどはわたしたちができることをしなくちゃ。イワオくんにもおしえてあげようよ」とミナが言った。

ユキが「うん」とゆっくりうなずいていた。

「イワオくんはユキちゃんとおなじ仮設住宅《かせつじゅうたく》にいるんだよ。イワオくんの家族も親《しん》戚《せき》も、海の近くに住んでいたから、家も缶詰工場《かんづめこうじょう》もながされてしまったけれど、船だけはお父さんがまもったの。船がなければ漁師《りょうし》はできない、って」

ミナがいきなりイワオのことを話しはじめた。

「イワオくんのお父さんはね、大地震《おおじしん》のあと、ぜったいにつなみがくるってわかっていたから、イワオくんのおばあちゃんとお母さんを高台につれていって避難《ひなん》させてから、港にもどったそうよ。おしよせる波でつぎつぎと漁船《ぎょせん》がながされていくなかで、お父さんは海竜丸《かいりゅうまる》と船体《せんたい》に書かれた自分の漁船《ぎょせん》にのりこみ、沖《おき》にむかってこぎだした。壁《かべ》のように立ちはだかるつなみ、でも水深《すいしん》五十メートル以上《いじょう》の沖合《おきあい》までいければ、船をまもれるそうよ。イワオくんのお父さんは船をまもり、港にもどってきた。すごいでしょ。わたしたち、この話を聞いてから、海にいくことができるようになったの。にげるのではなく、むかっていく勇気《ゆうき》、それで大切《たいせつ》なものをまもった。にげるだけじゃなにもはじまらないってこと。イワオくんとは中学校でもいい友だちよ」とミナはリクにイワオの連絡先《れんらくさき》をおしえた。

「にげるだけじゃなにもはじまらない」リクはミナのことばをくりかえした。

なにかがたりない

今日《きょう》はじめて、リクはママの合唱団《がっしょうだん》の歌を聞いた。うつくしい歌声だった。ウミがなぜ合唱《がっしょう》がすきだったのか、わかったような気がした。小さいころに「歌はいやだ」と、合唱団《がっしょうだん》にはいらなかったリクは、ママの活動に今まで無関心《むかんしん》だった。けれども、おもいがけなくもらえたプレゼントのように、ミナやユキに会えた。いっしょうけんめいリクがバイオリンをひきつづけているあいだ、ママも音楽をつづけていた。「ぼくとおなじようにママにも音楽が必要《ひつよう》だ」とリクはおもっていたが、今日《きょう》はほんとうにそうだったと、証明《しょうめい》されたような日だった。音楽は、ミナやユキにとっても、痛《いた》みをやわらげてくれるものだった。

ミナはミナ、ユキはユキだった。リクがかんじていた「沈黙《ちんもく》のなかのかなしみ」をユキが語った。それを聞きながらリクは、オーストリアにいくまでの自分をおもいだしていた。ユキもミナも、どんなにつらくてもにげなかった。あの日を語ることばを見つけようと、まえをむいて歩いていた。リクとおなじように。そしてザイーナの友だちになりたい、たすけたいとおもってくれたことが、リクにはとてもうれしかった。

リクがザイーナにウミのことを語って、わずかのあいだ心が軽《かる》くなったように、ミナとユキもこの町でザイーナに会って、あの日をことばで語るときがきてほしい。

「ぼくらはうごかされた心をひとつにして、意思《いし》をもってすすもうとしている。それはザイーナのためであるけど、ぼくらのためでもある。だからこそ、どうしてもこの計画を成功《せいこう》させたい」リクはつぶやきながら、おもいえがいてみた。バイオリンの演《えん》奏《そう》に合唱団《がっしょうだん》の歌声、いいけれど、なにかがたりない。リクはたりないなにかを見つけたかった。


その夜、リクはカメの背中《せなか》にのって海の底《そこ》にもぐってゆく夢《ゆめ》をみた。劇《げき》では、リクがカメだったのに、今は太郎《たろう》になっているみたいだ。

「リクくん、ザイーナをすくうために、いい歌をつくったね。おとひめさまのところへつれていってあげるよ」と、カメは浜辺《はまべ》でリクをのせた。

息ができる。こわくない。いや、なつかしい。ずっとここにいたい。リクは夢《ゆめ》のなかでそうおもった。

光がとどかないはずなのに、海の底《そこ》はほんのり明るく、おとひめさまといっしょにいる子どもたちは、それぞれの居場所《いばしょ》を見つけて、たのしそうに楽器《がっき》をかなでている。でもリクには聞こえない。音のない世界だからだ。

リクに気づいて、おとひめさまがちかづいてくる。ウミ？　やっぱりウミだ！

「ここではね、海の底《そこ》に空からおちた水が、どんなことでもつたえてくれるの。だから、わたしがいなくなってから、地上で起きたことをすべて知っているわ。リクがオーストリアにいったこともね。リクも耳をすませてみて。海の底《そこ》でわたしがなにをしようとしているか、どんな世界をつくろうとしているか、きっとわかるはず。リクは地上でそれをつくるのよ」

おとひめさまの姿《すがた》をしたウミがそうささやくと、リクになにかがひらめいた。

「わかった！　なにがたりないかわかったよ。ウミ！」

目がさめた。

「海だ！　海で演奏《えんそう》するんだ。まさか、水の上で？　いや、船の上で！　この曲は海で演奏《えんそう》しなきゃ意味がない。水が海の底《そこ》につたえてくれるのだから。海でぼくの曲をウミにとどけて、ザイーナのことをつたえよう」

リクは船の上で演奏《えんそう》することをおもいついた。勇気《ゆうき》をだして船を海にこぎだそう。

「船は？」リクはミナの話をおもいだした。「イワオくんのところにいってみよう」

船で沖《おき》へ

小さいころよくあそんでいた浜辺《はまべ》から三十分ほど海沿《うみぞ》いに歩くと漁港《ぎょこう》がある。足もとの砂浜《すなはま》がコンクリートにかわった。海につきでた長細いコンクリートに数台の小さなボートが太いロープで固定《こてい》され、波にゆれていた。

ボートの大きさはさまざまで、モーターつきの四、五人乗りから、オールでこぐ二、三人乗りまである。どのボートで沖《おき》にでればいいのだろう。

リクがボートから目をあげてむこうを見ると、船体《せんたい》に海竜丸《かいりゅうまる》と書かれた立派《りっぱ》な漁《ぎょ》船《せん》があった。あれがミナの話していたイワオのお父さんの船だ。網《あみ》を片《かた》づけている少年がいた。リクは手をふって、ちかづいた。

「イワオくんだよね？」

「リクくんだ！　ひさしぶりだね」

日に焼《や》けて、たくましくなったイワオがいた。

「ミナちゃんからイワオくんのお父さんの船の話を聞いたよ」リクは言った。

「おしゃべりだなあ。それはねっ、船をまもるために、地震《じしん》がきたら沖《おき》にでろ、と、むかしから漁師《りょうし》たちのあいだで言いつがれてきたおしえだったんだ」

「ふーん。イワオくんはつなみがこわくないし、海もこわくないんだね？」

「つなみがこわくないとは言えないけど、海はすきだ。見ているだけでおちつくし、ぼくは漁師《りょうし》の息子《むすこ》だからね」イワオはにっこりわらった。

「おぼえてる？　つなみでサーフィンすればいいって、アキラくんが言ったよね。びっくりしたけど、大波《おおなみ》にのってたのしむって考えれば、そういうふうに見えるかも。あっ、ごめん。リクくんのお姉さん、つなみで・・」

「いいよ、いいよ」リクはわざと明るくこたえて「じつは、イワオくんにたのみたいことがあってきたんだ。船を沖《おき》にだしてほしい。海でバイオリンをひいている動画をとりたいんだ」それから口ごもりながらつづけた。

「今のぼくは・・海のこわさをのりこえることが、とっても大切《たいせつ》な問題だってわかっている。まだ勇気《ゆうき》をもってむかっていけないんだけど・・」

そう言って、リクはザイーナのことをイワオに話した。

「わかった。ぼくにまかせてよ。それじゃあ、波のない日、波のない時間にしよう」

と、イワオはリクにあたたかい笑《え》みをうかべ、ことばにはしなかったが、リクの勇気《ゆうき》をほめてあげたかったし、リクが安心《あんしん》してボートにのることができるようにどんなことでもやってあげたいとおもった。

「えっ、それはいつ?」

「海風は昼に吹《ふ》き、陸《りく》風は夜に吹《ふ》く。海と陸《りく》の温度がおなじくらいになると風がやんで、波がない状態《じょうたい》、凪《なぎ》になる。それは朝か夕方なんだ」

「じゃあ・・」と言いながら、リクは昨夜《さくや》の夢《ゆめ》で見た凪《なぎ》のような争《あらそ》いのない海の底《そこ》をおもいだしていた。

「じゃあ、晴れた日の夕方にしよう。漁師《りょうし》の朝は早くて、太陽がのぼるまえから漁《りょう》にでるから、その時間は漁船《ぎょせん》を貸《か》してもらえないんだ。朝の港は活気《かっき》があっていそがしいから、ぼくらはじゃまになるし・・」イワオは言った。「午後三時ごろ、待ちあわせよう。まず天気予報《てんきよほう》をしらべなくちゃ。海がおとなしい顔を見せてくれるときにだけ、ボートできみをつれだすって、ぜったいに約束《やくそく》する。だからぼくの電話を待ってて。今日《きょう》がだめでも、できる日にやろう」

今日《きょう》の午後は凪《なぎ》だったらいいと、リクはねがって、ドキドキしながら電話のよこにいた。心のすみのわずかなところで、勇気《ゆうき》がたりないのだから、この冒険《ぼうけん》が千年さきにのびてもかまわないだろうというささやき声も聞こえたが、リクはこの声に負けまいと、頭のなかでひびくうるさい音を追いはらって、「ザイーナをすくうために、ぼくの歌を海にでて演奏《えんそう》しなくちゃならないんだ。おまえにぼくを止める力はない」と恐怖《きょうふ》にむかってさけんだ。

ようやく電話がきて「天気予報《てんきよほう》が凪《なぎ》の海を約束《やくそく》した」とイワオがつたえた。

リクはバイオリンをもって、集合場所《しゅうごうばしょ》の港にむかった。すでにだれかがきていた。

イワオとイワオのお兄さんの姿《すがた》が見えて、ミナとユキの声が聞こえた。イワオの兄はお父さんのあとをついで漁師《りょうし》になっている。おくれてソラとモリヤマがやってきた。

「アキラくんにも連絡《れんらく》したよ」イワオがそう言ったちょうどそのとき、アキラがケンジとシノブをつれてあらわれた。

「いいタイミングの登場《とうじょう》ね。でも今日《きょう》はサーフィンできないわよ」と、ミナが意味ありげな視線《しせん》をアキラにむけた。

「知っていたさ。波のない日にあつまるはずだって。今日《きょう》は大波《おおなみ》がこわいものたちのあつまりだからね。あれは、いちばん上のお兄さんが、サーフィンのためにハワイにいったときの絵ハガキを見て、知ったかぶりに言っただけさ。こわい、こわいとふるえているみんなを元気づけたかったったからだよ」アキラは頭をかいて、自分の居場所《いばしょ》をさがすような顔をした。

リクの目にいつもふざけてばかりいた四年まえのアキラの姿《すがた》が見えた。でもあの日のアキラもケンジも、ふざけていなかった。不安《ふあん》で念仏《ねんぶつ》をとなえていたシノブは、おだやかな目でリクを見つめ、ケンジが恥《は》ずかしそうにわらった。三人はリクより背《せ》が高くそびえたっていたが、むかしとおなじ親《した》しみをうかべた表情《ひょうじょう》に「ずっと会わなくても友だちだよな」というサインがあった。

「きてくれてうれしいよ。ありがとう」とリクは言った。

「海竜丸《かいりゅうまる》は安全《あんぜん》ね。小型《こがた》ボートはゆれるし、ちょっとこわい。みんなでいっしょにのれないし」ミナが言った。

「小型《こがた》ボートで演奏《えんそう》するほうがいい映像《えいぞう》になるとおもうわ」ユキが言った。

「リクくん、バイオリンはすわってひけるのかな？」イワオの兄がたずねた。

「イスがあれば、すわって演奏《えんそう》できます」リクは勇気《ゆうき》をだしてこたえた。ほんとうにできるかどうかわからなかったけれど、イワオの兄が首をよこにふり、「イスは小型《こがた》ボートにのせられないし、立ったら、いつかバランスをくずしてひっくりかえってしまう」と言ったので、リクはとても安心《あんしん》した。

「ボートで立って、演奏《えんそう》できないのね」ユキが残念《ざんねん》そうにつぶやくと、「悪いけど、そうだね」とイワオの兄がこたえた。

みんなはがっかりしたが、シノブにあたらしいアイディアがうかんだようだ。

「空と海と小型《こがた》ボートを漁船《ぎょせん》から撮影《さつえい》しておこう。あとでバイオリンの動画といっしょに編集《へんしゅう》すればいい。ちゃんとしたツールとソフトウェアがあれば、かっこいい作品にできあがるよ」と、シノブは説明《せつめい》した。

ソラがつづいて言った。「船長と操縦士《そうじゅうし》はイワオくんのお兄さんだ。海竜丸《かいりゅうまる》で沖《おき》にでよう。小型《こがた》ボートは・・」

「小型《こがた》ボートで漁船《ぎょせん》のあとを追いかけられる。いい場所で船を止めるから、ボートも止めて撮影《さつえい》をはじめる。それでいいかい？」イワオの兄がたずねた。

「ぼくは小型《こがた》ボートをこげるよ」と、イワオが言った。「みんなとの距離《きょり》がちょうどになったら、体をよこにして、ボートの底《そこ》にぴったりとつけておくよ。そうすれば、ぼくの姿《すがた》はうつらないし、リクくんがボートで演奏《えんそう》しているみたいに映像《えいぞう》をつくるのが、もっと簡単《かんたん》にできるよねっ」

「賛成《さんせい》！　いいアイディアだ」みんなが興奮《こうふん》してさけんだ。

みんなで海竜丸《かいりゅうまる》にのって沖《おき》にでた。夕焼《ゆうや》けで空と海の境界《きょうかい》がオレンジ色にかわってゆく光景《こうけい》はうつくしい。

リクは用意されたイスにすわって、譜面台《ふめんだい》があるはずの場所に目を置《お》いた。波がまったくない、鏡《かがみ》のような海の水面がリクに見えた。

「これが夕凪《ゆうなぎ》なのだろう。いつまでつづくのだろうか」

すわってバイオリンをひくリクをみんながそれぞれに撮影《さつえい》した。

それからリクはゆっくりと立ちあがり、足をひらいて体を安定《あんてい》させると、ふたたび演奏《えんそう》をはじめた。立ってバイオリンをひくリクも映像《えいぞう》におさめた。

リクは船の上で堂々《どうどう》と演奏《えんそう》できたことが誇《ほこ》らしかった。

最後《さいご》に海にうかぶボートだけを夕焼《ゆうや》けのなかで映像《えいぞう》におさめた。リクのバイオリンの音色《ねいろ》が波のない静《しず》かな海にひびきわたった。

「海の底《そこ》にも、きっと、とどいているわ」ユキがぽつりとつぶやいた。

すべての撮影《さつえい》がおわると、イワオがボートをロープで漁船《ぎょせん》につないでから海竜丸《かいりゅうまる》にのりこんだ。

夜のピクニック

空のオレンジ色がしだいにうすくなって、灰色《はいいろ》になってゆく。夕焼《ゆうや》けから夕やみにかわってゆく西の空をみんなでながめていた。

ダウンジャケットを着こんだソラが、「では、撮影終了《さつえいしゅうりょう》に。あたたかい飲みもので乾杯《かんぱい》しよう。ひえこんできたからね」と言って、リュックをあけた。

かすかに明るさがのこっていた空が暗くなるにつれ、海も黒く光ってゆく。陸《りく》から海への風、陸風《りくかぜ》が吹《ふ》きはじめた。小さな波がくりかえしおしよせてきて、船底《ふなぞこ》がかすかにゆれ、波の頭が白く見える。船のはだか電球をイワオがつけた。

「ここでピクニックにしましょう」とミナが言うと、ユキは船の上が芝生《しばふ》であるかのようにレジャーシートをひろげて、おにぎりをさしだした。

「これ、わたしがお母さんとつくったの。たくさんあるから、どうぞ」

「夜のピクニック?!」とアキラがおどろきの声をあげて、「うまそう」と手をだし、まっさきに口にほおばった。

「おなかがすくかもと、お母さんがつくってくれたから、ぼくももってきたんだ」とシノブがリュックからのりまきずしをとりだした。「ぼくも」「わたしも」とそれぞれのリュックからサンドイッチやくりごはんがでてきた。リクはおばあちゃん手作りのホットチョコレートをみんなのコップにそそいだ。

「乾杯《かんぱい》!」

「夜のピクニックってすてきね」

「ほら、夜空《よぞら》に星がかがやいている」

「星を見るとおもいだすんだ。あの日の夜空《よぞら》。きらきらかがやくたくさんの星。ほんとにきれいだった。死んだ人たちがもう星になったのかなあっておもったけど、だれにも言えなかった。あとで聞いたら、こんなときに、きれいだと感動しちゃいけないのかな、とおもいながら星を見ていた人が、けっこういたみたい」

「そうだね。あのころって、こうおもったらいけないのか、こう言ったらいけないのか、そういうことがたくさんあって、囲《かこ》いのなかにいるみたいだった」

「今でも、あの日から自由《じゆう》になっていないような気がする」

「なぜだろう?」

「あの日をつたえることばをもたないからじゃない?」

「大人《おとな》のまえでは沈黙《ちんもく》するしかなかったから?」

「じゃあ、子どもたちだけでなにか語れたかい?」

「それもできなかった。相手《あいて》のことをおもいやる気持ちがじゃまするから」

「あの日をつたえることばをずっとさがしていた」

「語りあえば、心が軽《かる》くなったのかも」
「語りあえば、おなじ痛《いた》みを見つけられたのかも」
「ザイーナさんのなかにおなじ痛《いた》みを見たから、今こうして行動している」
「つらい経験《けいけん》がなくても、想像力《そうぞうりょく》でザイーナさんの痛《いた》みがわかる人がいるかも。動画をつくるのは、そういう人たちの力を期待《きたい》しているからでしょ」

おなかがいっぱいになったからだろうか、みんながおもいおもいのことをしゃべりはじめた。おしゃべりは議論《ぎろん》にかわることもあり、ときどきソラが議長《ぎちょう》のように、意見の交通整理《こうつうせいり》をするが、それぞれが言いたいことのじゃまはしない。モリヤマは「メモをとっていい？」とみんなにたずねてから、ペンを走らせた。

「成長《せいちょう》するにつれ、大人《おとな》のおもっていることにしばられないで、自由《じゆう》にやれるようになってきたのはうれしい」イワオが言った。

「それもそうだけど、中学校で制服《せいふく》を着ることになって、群《む》れのなかでおなじことをしなさい、と言われているみたい。ソラくんはオーストリアの学校にいっていたんでしょ。制服《せいふく》ないよね？」ミナがたずねた。

「ちがう服を着ていても、おなじもの同士《どうし》みたいな群《む》れ感覚《かんかく》、むこうでもやっぱりあるよ。人間も動物だからね」ソラはこたえた。

「でも、ちがう服を着ているだけで、肌《はだ》の色や髪《かみ》の毛の色がちがっているだけで、つまり外見《がいけん》がちがうだけで、自分とはちがう人間だ、っておもえるでしょ。わたしはわたしってところからはじめられるから、じゃあどうやってわかりあおうかって、努《ど》力《りょく》するでしょ。それが大事《だいじ》なことで、そのことに気づきやすい環境《かんきょう》にソラくんはいたとおもう」と、ミナがソラにむかって言った。

「そうだよ。ぼくらの町みたいにクラス全員《ぜんいん》が日本人で、そのうえ制服《せいふく》まで着せられたんじゃ、みんなおなじってところからはじまるよな」ケンジが言った。

「日本語しか聞こえない世界」リクがぽつりとつぶやいた。

「話さなくてもわかるよな、みたいな空気。おんなじでいろよな、みたいな空気。ちょっとちがうことを見つけられたらいじめられる、みたいな空気。自分が自分でいられないかんじがある」イワオがうなずいた。

「この町に住んでいても、おなじ制服《せいふく》でも、あなたとわたしはちがうと気づくことはできるわ」ユキがささやいた。

「おなじ格好《かっこう》して、ちがうと気づくなんて、むずかしい」ケンジが顔をしかめた。

「でも、ときどき、おなじ格好《かっこう》をした群《む》れのなかにはいって、自分でなにも考えないでまわりの人とおなじことをやっているのも、楽《らく》だなあとおもうことがある」シノブが正直《しょうじき》に言った。

「その感覚《かんかく》わかるけど、群《む》れに都合《つごう》よくにげるのはだめよ」ミナがシノブをにらんだ。

「外見《がいけん》がおなじで、群《む》れのように見えても、ここが」

ソラは右手で頭をコンとたたいた。

「頭のなかが、ひとりひとりちがっているから、見えているものも、かんじていることもちがう。きみたちはそのことをわかっているのなら、たとえ日本人だけのなかにいても、制服《せいふく》を着せられても、相手《あいて》をちがうとみとめることからはじめて、わかりあおうとすべきだ。おなじでいなきゃだめ、という圧力《あつりょく》をかけてはいけないよ」

「でもザイーナさんが・・ザイーナさんじゃなくて、ザイーナと呼《よ》ぼう。ついでに、ぼくらも、くん、ちゃん、をやめようよ」アキラはそう言って、「ザイーナはきっと制服《せいふく》が似合《にあ》わないだろうし、着るのがいやだと言うかもしれない。そしたら、制服反《せいふくはん》対運動《たいうんどう》、ついでにジャージの上下、反対運動しようぜ」となり声をあげた。

「それはだめ！　ザイーナがこなくても、正しいとおもったことは、すぐにやるべきねっ」ミナがさけんだ。


「ザイーナの国は正しいことを言えないわけ？」ケンジがきいた。

「ザイーナのお父さんは正しいとおもったことを主張《しゅちょう》して、すべてをうしなって難民《なんみん》になったの」ミナがこたえた。

「ザイーナのお父さんが正しいと、たくさんの人たちが味方《みかた》になっていたなら、ザイーナは難民《なんみん》にならなかったかもしれない。社会みんなの力みたいなものが、もっとあったらよかったのに」イワオが言った。

「社会みんなの力？　なにそれ？」アキラがきいた。

「すべてを決めていいのは、わたしたち。それはじっさいにはむりだから、わたしたちのえらんだ人たちが決めている。でも、えらんだ人たちが正しくないことを決めたときは、わたしたちはそれに反対できる。反対する声がたくさんになることが、社会みんなの力なの。プラカードをもってデモをしている映像《えいぞう》をニュースで見るでしょ。

あれよ。たくさんの人たちが参加《さんか》すればするほど、大きな力になる」ミナが説明《せつめい》した。

「じゃあ、えらんだ人が正しいことをしているのか、ぼくらはみはってなきゃいけないんだ。でないと難民《なんみん》になるかもしれないってこと？」ケンジがたずねた。

「この国じゃあ代表者《だいひょうしゃ》をえらぶ選挙《せんきょ》に大人《おとな》の半分がいかない。投票《とうひょう》で社会みんなの力をしめすことができるのに」シノブがこたえた。

「選挙《せんきょ》だけでは不十分《ふじゅうぶん》。おかしいとおもうことがあったら、正義《せいぎ》が紙切れじゃないと証明《しょうめい》するために、群《む》れにかくれていないで、行動しなくてはいけないんだ」イワオが言うと、「意見を言わなくては、この町の未来《みらい》も大人《おとな》が勝手《かって》に決めてしまう」と、アキラがうなずいた。

「ときどきこんなふうにあつまって自由《じゆう》に話しあわない？」ミナが元気な声でたずね、

「いいね。賛成《さんせい》！」手をあげたそれぞれのジャケットのうでの色は、赤、オレンジ、黄、緑、青、茶、ピンクとカラフルだ。みんなの意見のように。

「でもさ、ここにあつまった目的《もくてき》はザイーナをすくうことだろ。動画を配信《はいしん》したら、ザイーナがオーストリアから日本にこられるのかい？」アキラがきいた。

「オーストリアをでるにも日本にくるにもパスポートがいる」シノブが言った。

「自分の国をにげだす人に、パスポートをもたせるわけないだろ。もってないから飛《ひ》行機《こうき》にのれないし、だからザイーナたちは、ボートにのって、命がけで海をわたって
オーストリアにきたんだ」ケンジが声をあらげた。

「オーストリアから日本にくるのに、ボートってわけにはいかないよ。やっぱり飛《ひ》行《こう》機《き》にのせてあげたい」イワオが言った。

「しらべたんだけど、難民《なんみん》はパスポートがないから、自由《じゆう》にほかの国へいけない決まりになっている」リクがきっぱりとこたえた。

「じゃあどうするんだ？」シノブが泣《な》きそうな声でたずねた。

「わたしもしらべてみたの。決まりをまもる、法律《ほうりつ》をまもろうとするとできないことがあって」

ユキがゆっくりと話しはじめた。

「決まりそのものが、おかしい気がして。それは大人《おとな》のためのもので、子どものためのものではないの」

「法律《ほうりつ》をつくるのが大人《おとな》だからだよ」ケンジが口をはさんだ。

「そうかもしれない」とユキはつづけた。

「難民《なんみん》だから身分証《みぶんしょう》をもっていない。両親も兄弟《きょうだい》も死んでしまい、ひとりぼっちで、悪いことをなにもしていなくて、日本に住みたいとねがっている十三歳《さい》の少女が、日本にこられない決まりがあるとしたら、これこそがおかしいとおもう。難民《なんみん》の群《む》れにいるザイーナを見るのではなく、ザイーナそのものを見て、考えて、行動していくなら、日本にくる道はぜったいにあるわ」

「そうよ。だからまずネットで、多くの人にザイーナのことを知ってもらうの」

ミナが大きな声で言った。

「ユキの言うように、ザイーナが日本にこられないのは、おかしい、まちがっている、そうおもう人をふやしていくのよ。わたしたちのようにザイーナをたすけたいとおもった人に、署名《しょめい》をしてもらい、みんなの力を形にするの。それから、寄付《きふ》を募《つの》り、お金をあつめて、旅費《りょひ》にするのよ」

「ザイーナのことを知って行動を起こす人がふえればふえるほど、さっき言っていた社会みんなの力が大きくなって、ザイーナを日本につれてくる力も大きくなるってことだよね」シノブがたしかめるようにみんなを見た。

リクはうなずきながら、『はだかの王さま』のことをおもいだして、「これが解決《かいけつ》の入口《いりぐち》かもしれない」とおもった。

「ねえ、もっと大きな力にするために、もっとなにかできるんじゃない？」とミナの声が聞こえたとき、リクは漁船《ぎょせん》につながれているボートが波で大きくゆれたのに気づいて、左右にゆれるボートを不安《ふあん》そうに見つめながら、おもいをめぐらせていた。

「ザイーナが海をわたったゴムボート、ディンギーはどんな大きさだったの？　波にのまれた子どもたちは海の底《そこ》でしあわせにいるの？　つなみにさらわれた子どもたちはどうなの？　ウミ、聞こえた？　ぼくの歌の世界がほんとうに海の底《そこ》にあるの？」

「リクくん・・リク、どうしたの？」ユキがリクの肩《かた》をそっとゆらした。

「あっ、おとひめさまと話していた」とリクはこたえた。

「なにそれ？」アキラとケンジがわらった。

「海の底《そこ》からおとひめさまがなにかつたえてきた？」とソラがまじめな顔でたずねて、リクがおどろいていると、「わたしの物語のつづきをやってみて、と言っていたよね」

と、ソラは自分の問いに自分でこたえた。

「物語のつづき?」みんなの目がおどろきで点になった。

「上演《じょうえん》できなかったミュージカル『ハーメルンの笛吹き男《ふえふ》』のつづきをつくるってこと?」リクがたずねた。

「もっとなにかできるんじゃない?って、ミナ・・ミナちゃんがさっき言っていたから」とソラがこたえた。

「わたしたちにできることをリクのお姉さんがつたえてくれたようね」ユキがうたうようにささやき、「物語のつづき、やってみようよ」みんなが口々《くちぐち》に言った。

このタイミングを待っていたかのように、イワオのお兄さんがエンジンをかけた。

「そろそろ、きみらの家族がむかえにくる時間だ。おそくなると心配《しんぱい》するから、もどろう」と言って、港へむかった。


「また明日《あした》、午後からぼくの家でね」リクはみんなに手をふった。

この町に住んでないソラとモリヤマは、今夜《こんや》リクの家に泊《と》まることになっていた。

ママの車にのるまえに、リクは海をふりかえって、心のなかでさけんだ。

「ウミ、ぼくの演奏《えんそう》、聞こえたんだね。ぼくら、ミュージカルのつづきをつくって、上演《じょうえん》することになったよ。ザイーナのためにやりとげるからね」

のこされたもの

つぎの日、朝食《ちょうしょく》をおえて、モリヤマが帰ると、ソラはリクをさそった。

「今日《きょう》は土曜日で学校は休みだけど、午前中に中学校へいってみないか？　だれか先生がいるはずだ」

リクとソラは中学校への坂道をおりていた。

「ねえ、ウミの中学校に、今はリクくんがいっているんだね。あの日、つなみの被害《ひがい》はなかったんだよね？」

「うん、中学校は校庭《こうてい》に水が少しながれこんできただけで、だいじょうぶだった」

「じゃあ、あるかもね」

「なにが？」

「セットや衣装《いしょう》だよ」ソラはこたえた。

ソラの言ったとおり、日直《にっちょく》の先生が学校にきていた。大会が目前《もくぜん》のサッカー部とテニス部が練習をしていて、グランドに選手《せんしゅ》たちの声がひびいていた。部活担当《ぶかつたんとう》の先生たちもいた。リクとソラが教務員室《きょうむいんしつ》で日直《にっちょく》の先生にあいさつをした。

「一年生のリクくんだね。そちらは？」と先生はソラを見た。

「ぼくはリクくんのお姉さんの友だちで、ソラです」

「ああ、ウミさんの・・」先生はきえそうな声で言った。

「あのう、四年まえに上演予定《じょうえんよてい》だった『ハーメルンの笛吹《ふえふ》き男』のセットや衣装《いしょう》はありますか。借《か》りたいとおもっておねがいにきました」リクがたずねた。

「体育館《たいいくかん》のステージ裏《うら》の物置《ものおき》にあったかな。四年もたつから、すてたかな」先生は首をかしげながらこたえた。「さがしてみるかい？」

日直《にっちょく》の先生は体育館《たいいくかん》の物置《ものおき》のカギをあけて「ここでさがしてみるといいよ。おわったらカギをかえしにきて」とリクとソラに言い、教務員室《きょうむいんしつ》にもどっていった。

物置《ものおき》にはほこりをかぶった大道具と小道具が、ぎっしり置《お》かれていた。

「一幕《まく》の村ではじまり、二幕《まく》の浜辺《はまべ》でおわる劇《げき》だった」リクは記憶《きおく》をたどっていた。

「じゃあ村と浜辺《はまべ》のセットにつかえるものをさがそう」とソラは言うと、リクといっしょにしばらく必死《ひっし》でさがしたが、つかえそうなものは見つからなかった。リクとソラはがっかりして、カギをかえしにもどったとき、先生がおもいだしたように言った。

「ひょっとして、音楽の先生があのときの台本をもっているかもしれない。ミュージカル劇《げき》だったね？」

「音楽の先生は今日《きょう》きていますか」とリクがたずねた。

「合唱部《がっしょうぶ》の練習日だから、音楽室にいるね」先生は予定表を見ながらこたえた。


リクとソラは、歌声がひびきわたっているろうかを歩き、音楽室へむかい、教室の外で歌がおわるまで待った。

「今日《きょう》はここまでにしましょう」先生の声が聞こえた。

合唱部《がっしょうぶ》のメンバーがでてくると、リクとソラは音楽室にはいった。

「たずねたいことがあるのですが・・」とリクが言い、つづいてソラが「四年まえのミュージカル『ハーメルンの笛吹《ふえふ》き男』の台本はありますか」ときいた。

音楽の先生はおどろいた表情《ひょうじょう》をして、ソラからリクへと目をうごかした。

「ウミさんの弟のリクくん？　この夏にオーストリアで音楽の勉強をしてきたのよね。楽器《がっき》はバイオリンだったかしら。どうだった？　いい経験《けいけん》になったでしょ」

「はい」とリクはこたえて、ザイーナのことを話した。

「ぼくと、ここにいる姉の友だちのソラくんと、ぼくの小学校のときの友だちが、ザイーナをたすける計画を話しあい、姉のミュージカルのつづきをやってみようということになりました。ここにあのときの台本があったら、借《か》りられないかとおもってきました」

「あるわ」先生はこたえて、本棚《ほんだな》から一冊《いっさつ》のノートをとりだし、リクにさしだした。

「これよ。ここがセリフ。ミュージカルの歌詞《かし》はここ、メロディーは音符《おんぷ》になってるから、リクくんならわかるでしょ」先生はノートをひらき、指でなぞった。

リクはメロディーを口ずさんだ。「バイオリンでひいてみて」「ピアノでやってみよう」というウミの声がリクに聞こえ、いっしょにつくった記憶《きおく》がよみがえった。

「この曲おぼえてる。これも知ってる」リクはページをめくりながらつぶやいた。

「これを借《か》りていってもいいですか？」ソラがたずねた。

「もちろんよ。役に立ててほしいわ。ウミさんもそうねがっているはずよ」

先生はこたえてから、おりたたんであった紙をひろげて見せた。

「配役《はいやく》の名前と住所がここに書いてあるわ。今もここに住んでいるかどうかはわからないけれど。舞台《ぶたい》で着てもらえなかった衣装《いしょう》だけがのこされたから、もっているかもしれない。家族が待っていたのは、衣装《いしょう》ではなく、本番にこれを着るわが子だったのに」と先生は声をつまらせて目に涙《なみだ》をためていた。

あの日からずっと、ウミがもどってくることをねがって、おばあちゃんがベッドカバーの上にかさねてあった衣装《いしょう》をリクはおもいだした。

「いろいろありがとうございました。また報告《ほうこく》にきます」リクとソラは先生にあいさつをして、ウミの台本とコピーした住所の紙を手に学校をあとにした。

その日の午後、リクの家に昨日《きのう》のメンバーがあつまった。

「昨日《きのう》はありがとう」リクはみんなにお礼を言ってから、ウミのノートをとりだし、最後《さいご》のページの絵を見せた。「これが『ハーメルンの笛吹《ふえふ》き男』のラストシーン。姉がストーリーをかえてミュージカルにした。この子たちは自分たちの意思《いし》で、地球の問題を解決《かいけつ》するために、海の底《そこ》へむかっているんだ。つづきをぼくらでつくりたい」

つづけてソラが話しはじめた。

「これがウミの台本。さっきリクくんと中学校へいってきた。一幕《まく》の村と二幕《まく》の浜辺《はまべ》のセットはなかったけど、この台本を音楽の先生から借《か》りられたんだ」

みんなは台本を見て、それからノートをのぞきこんだ。

「一幕《まく》のハーメルンという村は、大量《たいりょう》に発生《はっせい》したネズミのせいで、疫病《えきびょう》がひろがり、村人《むらびと》は困《こま》っていた。汚染《おせん》された地球を村にたとえて、ウミは歌をつくっている」

ソラが『ハーメルンの笛吹《ふえふ》き男』のストーリーを語りはじめた。

「ネズミを退治《たいじ》したら、自分たちの大切《たいせつ》なものをあげると、村人《むらびと》は笛吹《ふえふ》き男と約束《やくそく》したのに、まもらなかった。怒《おこ》った男は、笛《ふえ》の音《ね》でネズミを川にさそいだしておぼれさせたように、村人《むらびと》の子どもをおなじ目にあわせようとして村からつれだした」

ソラは話を中断《ちゅうだん》して、みんなの顔を見た。みんなはソラの話にひきこまれ、つぎのことばを待っていた。

「ネズミ役の子どもたちは灰色《はいいろ》のおなじ衣装《いしょう》を着ている。ネズミは群《む》れているから、簡単《かんたん》に笛《ふえ》の音《ね》にさそわれてしまった。ウミはそう考えた。そして約束《やくそく》をまもらない、うそつきの村人《むらびと》のような大人《おとな》にそだてられた村の子どもたちは、おなじ衣装《いしょう》でおなじ仮面《かめん》をつけている。まるでネズミの群《む》れのように。生まれたときの子どもは、それぞれがちがっていたのに、大人《おとな》が子どもを群《む》れとして教育《きょういく》した。だから子どもたちは、ネズミの群《む》れのように男の笛《ふえ》の音《ね》についていった。川がながれでる海に、男は子どもたちをおぼれさせようとして、浜辺《はまべ》につれていく。ところが、空からどしゃぶりの雨がふり、水でずぶぬれになると、とつぜん男と子どもたちは、目をさましたように変身《へんしん》する。男の怒《いか》りはきえ、笛《ふえ》をすて、指揮棒《しきぼう》をもつ。子どもたちは生まれたときのように、ひとりひとりちがっていたほんとうの姿《すがた》にもどる。ひとりひとりちがうから、子どもたちはちがう楽器《がっき》をもって登場《とうじょう》するんだ」

ソラはふっと息をつき、みんなはごくりとつばをのみこんだ。

「水が奇跡《きせき》を起こした。海からの水蒸気《すいじょうき》が空にのぼり、雲ができて陸《りく》に雨がふる。ウミが話していた水のじゅんかんだ」ようやくソラが語りおえた。

みんなはそれぞれにソラの話からなにかをおもいえがいているようだ。


ミナがとつぜん声をあげた。

「一幕《まく》はハーメルンの村、二幕《まく》は浜辺《はまべ》、そして浜辺《はまべ》から海へ。わたしたちがつくる劇《げき》は三幕《まく》の海の底《そこ》での子ども会議《かいぎ》ね」

「いろんな国の子どもがくるから、国際《こくさい》子ども会議《かいぎ》だ！」シノブがさけんだ。

「海の底《そこ》でおとひめさまが待っている。リクの歌にあったね」イワオが言った。

「それって、『浦島太郎《うらしまたろう》』の劇《げき》とおんなじだよ」アキラが気づいた。

「太郎《たろう》はカメにのってくるけど、リクの歌では、子どもたちはクジラとイルカにのって海の底《そこ》にくる」ケンジがちがいを見つけた。

「じゃあ三幕《まく》の国際《こくさい》子ども会議《かいぎ》を海の底《そこ》の竜宮城《りゅうぐうじょう》でやろう」イワオがさけんだ。

なんどもうなずきながらソラの話を聞いていたユキが口をひらいた。

「水のじゅんかんを考えれば、海と空と陸《りく》はつながっている。けど、砂《すな》のある浜辺《はまべ》と水のある海、陸《りく》と海のあいだには境界線《きょうかいせん》がある気がする。ちがう世界がひろがっているんじゃないかとおもうの」

「ぼくらがいる世界とおとひめさまがいる世界はちがうってこと?」

「じゃあ、おとひめさまのいる海の底《そこ》、竜宮城《りゅうぐうじょう》ってどんなところ?」

「リクの歌にあるように、凪《なぎ》のような世界、争《あらそ》いがなくて・・」

「そう、おとひめさまはそういう世界をつくろうとして、子どもたちの居場所《いばしょ》をつくって待っている。サンゴ礁《しょう》でさえ、おとひめさまひとりの力ではまもれないから」

「おとひめさまが国際《こくさい》子ども会議《かいぎ》への招待状《しょうたいじょう》を書く、というのはどう?」

「おとひめさまからの招待状《しょうたいじょう》、いいね!」

「問題を解決《かいけつ》しない大人《おとな》ではなく、おとひめさまは子どもをしんじている。だから、クジラやイルカが海の底《そこ》にいる子どもを見つけて招待状《しょうたいじょう》をとどける」

「楽器《がっき》をもって浜辺《はまべ》から海の底《そこ》へむかう子どもにも招待状《しょうたいじょう》をとどけよう」

「自分の意思《いし》でむかうのに、それ、必要《ひつよう》？」

「陸《りく》と海の境界《きょうかい》をこえるには、ぜったいに招待状《しょうたいじょう》がいるのよ。それをもらったなら、ザイーナをたすける道も見つけられるわ」

「そうだよ。ぼくらは三幕《まく》で、ぼくらの未来《みらい》はぼくら子どもたちで決める！　というメッセージをつたえるミュージカルをつくるんだ」

「招待状《しょうたいじょう》をもった子どもが、国際《こくさい》子ども会議《かいぎ》にやってくる、で、決まりだ」

「おもしろそう」「なんかわくわくしてきた」など、やる気いっぱいのことばが、みんなの口からあふれた。


「海の底《そこ》にいく子どもは楽器《がっき》をもっているから、竜宮城《りゅうぐうじょう》についたら演奏《えんそう》する場面をつくりましょうよ」とミナが言った。

「この絵にある楽器《がっき》のほかに、トライアングルとドラムをくわえてほしいんだ。トライアングルをもつアフリカの少女とドラムをたたくアフリカの少年を登場《とうじょう》させたい」とリクが言うと、「アフリカの少女はザイーナで、少年はザイーナの弟？」ユキにきかれて、リクは「そう」とこたえて、うなずいた。

「リクのつくった歌をうたって、三幕《まく》をはじめよう」

「なににのって竜宮城《りゅうぐうじょう》にくるの？」

「それにまだこだわっている？」

「カメ、クジラ、イルカで」

「だめ！　ここはリクの歌のとおりに、クジラとイルカで」

「カメは竜宮城《りゅうぐうじょう》でおとひめさまといっしょにみんなを待っていよう」

「ぼくらのあたらしいミュージカルの題名《だいめい》は『おとひめさまのうた』だね」

「リクのつくった歌の題名《だいめい》も『おとひめさまのうた』にしよう」

「賛成《さんせい》！」同時にさけんだみんなの声がリクの部屋《へや》にひびいた。


「ザイーナ救出作戦《きゅうしゅつさくせん》のためのミュージカルだから、テーマはやっぱり難民《なんみん》」

「紛争《ふんそう》、環境汚染《かんきょうおせん》、地球温暖化《ちきゅうおんだんか》、制服反対《せいふくはんたい》、問題はたくさんあるのに」

「制服反対《せいふくはんたい》は地球の問題じゃない！」

「ぼくらの町づくりも、放射能汚染《ほうしゃのうおせん》とかかわっているから、これも地球の問題」

「よく考えると、どんな問題もつながっていて、難民《なんみん》の問題とかかわっている」

「そうだけど、今は頭を整理《せいり》して、国際《こくさい》子ども会議《かいぎ》のテーマを決めようよ」

「難民《なんみん》をテーマにして、ザイーナのことをアピールしよう」

「賛成《さんせい》！」


「難民《なんみん》についてしらべてみよう」とイワオが言うと、「ぼくも」とシノブ、「ぼくも」とケンジ、最後《さいご》にアキラが「じゃあ、ぼくもしらべよう。いや、ぼくは難民《なんみん》のことを自分の頭でよく考えてみるよ」と、まじめな顔をして言った。

「これって、国際《こくさい》子ども会議《かいぎ》で話しあっているみたいじゃない？　こんなふうにみんなで難民《なんみん》の問題をしらべて、考えて、話しあって、それを書きとめて、三幕《まく》のセリフにしましょう」とミナが言った。「リクは三幕《まく》の歌詞《かし》とメロディーをつくってね」

「歌のことなら、わたしもなにかできるわ」ユキがつぶやいた。


「配役《はいやく》は？」

「歌が上手《じょうず》な人を募集《ぼしゅう》しよう」

「楽器《がっき》をもった子どもはじっさいにその楽器《がっき》ができる子どもをえらぼう」

「バイオリンをもった子どもの役はもちろんリクだね」

「ミュージカルだからオペラのような生演奏《なまえんそう》にしたいね」

「この町の少年少女オーケストラのメンバーにおねがいしようよ」

「合唱団《がっしょうだん》にも声をかけようね」

「ぼくのお兄さんがいる漁業組合青年部《ぎょぎょうくみあいせいねんぶ》にもたのもう」イワオが言った。


「一幕《まく》と二幕《まく》の衣装《いしょう》は、あの住所をさがして、貸《か》してもらえるといいなあ」

「わが子はつなみにのまれたんだろ。どうかなあ。大切《たいせつ》な遺品《いひん》だよね？」

「ザイーナのことを話して、ぼくらの計画を説明《せつめい》したら、わかってくれるかも」

「みんなでやってみようよ」

「でも、みんなで住所の家へいくより、その役目はリクにやってもらうほうがいいとおもう。だってリクの・・」

「うん。やってみるよ。お母さんがあの住所の家族と連絡《れんらく》しあっているかもしれないし、ひっこして、この町にいない家族を知っているかも」と、リクはひきうけた。

「今でも小学校で毎年三年生が『浦島太郎《うらしまたろう》』の劇《げき》をやっているから、セットも衣装《いしょう》もぼくらに必要《ひつよう》なものは、ぜったいに借《か》りられるよ」

「エミコ先生にたのもう。みんなで会いにいこうよ。きっとびっくりするね」

「三幕《まく》の竜宮城《りゅうぐうじょう》のセットは小学校にある」

「一幕《まく》の村と二幕《まく》の浜辺《はまべ》のセットはない」

「自分たちでつくれるかなあ」

「『浦島太郎《うらしまたろう》』で、子どもたちがカメをいじめていたのも浜辺《はまべ》、カメが太郎《たろう》をのせたのも浜辺《はまべ》だから、浜辺《はまべ》のセットも小学校にあるよ」

「じゃあ、問題は一幕《まく》の村だけか」

「二幕《まく》の浜辺《はまべ》と三幕《まく》の竜宮城《りゅうぐうじょう》を舞台《ぶたい》で上演《じょうえん》し、一幕《まく》のハーメルンの村とぴったりの場所をこの町でさがすのはどう？　そこで登場人物《とうじょうじんぶつ》たちに演《えん》じてもらい、撮影《さつえい》するのはどう？　ロケ地で映画《えいが》をつくるみたいにね」ミナが言った。

「いいよ。それ、いいアイディアだ」

「一幕《まく》を撮影《さつえい》するんだったら、そのついでに、ぼくらの浜辺《はまべ》で、あの絵とおなじ映像《えいぞう》をつくろう。予告《よこく》になるよ」

「まずは昨日《きのう》撮影《さつえい》したものを編集《へんしゅう》して作品にしよう」

「これだって、ミュージカル『おとひめさまのうた』の宣伝《せんでん》になるさ」

「一幕《まく》の映像《えいぞう》ができあがったら、二幕《まく》の予告《よこく》といっしょに配信《はいしん》しよう」


「どこで上演《じょうえん》しようか？」

「あたらしくできたコミュニティーセンターがいい」

「いつ？」

「クリスマスイブ」

「コミュニティーセンターの舞台《ぶたい》で二幕《まく》、三幕《まく》を上演《じょうえん》して、ライブ配信《はいしん》しよう」

「これで決まりだ！」

できあがった『おとひめさまのうた』の一幕《まく》と二幕《まく》の予告《よこく》をネットにのせた。「二幕《まく》と三幕《まく》は、クリスマスイブの夕方六時からコミュニティーセンターの舞台《ぶたい》で上演《じょうえん》され、ライブ配信《はいしん》します」と動画の最後《さいご》にテロップをながした。同時にセンターの事務《じむ》局《きょく》で観客席《かんきゃくせき》のチケットを一枚《いちまい》五〇〇円で販売《はんばい》し、「ザイーナのために」と書いた募金《ぼきん》箱《ばこ》を置《お》くことにした・・と、リクは心のなかでこれまで仲間《なかま》たちとやりとげたことや計画したことをたしかめていった。

するとリクは、ザイーナをすくうには、日本につれてくるには、これだけでは十分《じゅうぶん》ではない気がした。ザイーナを日本につれてきて、難民《なんみん》としてみとめてもらうには、なにかもっと必要《ひつよう》なはずだ。

おなじころ記者《きしゃ》のモリヤマママモルは、リクのオーストリアでの夏合宿《なつがっしゅく》のこと、そこで出会ったザイーナのこと、ザイーナのために力をあわせてミュージカルを上演《じょうえん》しようとする子どもたちのことを連載記事《れんさいきじ》にまとめていた。かなしみをかかえながらも、それを語ることで共感《きょうかん》しあい、たすけあっていこうとする子どもたちの姿《すがた》を記事にしたかった。とくに難民《なんみん》の子どもの問題、ザイーナのことはもっと大きく紙面《しめん》に書きたかった。モリヤマはデスクにかけあったが、暗い話題《わだい》は読者《どくしゃ》がきらう、もっと重要《じゅうよう》なニュースがある、という理由《りゆう》でことわられた。

モリヤマからこの話を聞いたリクは「大人《おとな》にとって、ひとりの難民《なんみん》の少女のことは、重要《じゅうよう》な問題ではない」と気づき、ソラに相談《そうだん》した。

「そうかもしれないが、もっと多くの日本の子どもたちが、ひとりの少女の味方《みかた》になってくれたなら、重要《じゅうよう》な問題にかかわるはずだ！　だからぼくらは、ミュージカルをつくって、上演《じょうえん》の準備《じゅんび》をしているんだ」とソラは力強く言った。

「うん。でも、もっとなにかしないと不安《ふあん》なんだ」とリクはこたえた。

「じゃあ、日本から世界へ、応援《おうえん》してくれる仲間《なかま》の数をふやしていこうよ。リクくんは夏合宿《なつがっしゅく》でメンバーと英語《えいご》で会話していたんだよね？」

「うん」

「じゃあ、歌を英語《えいご》に訳《やく》そう。きみといっしょにまなんだ国際少年少女《こくさいしょうねんしょうじょ》オーケストラのメンバーそれぞれに動画をつくってもらい、それを配信《はいしん》して、世界中にひろめてもらおうよ」

最初《さいしょ》にできあがった「船の上でのバイオリン演奏《えんそう》と合唱団《がっしょうだん》の歌の動画」の配信《はいしん》で、リクがつくった日本語版《にほんごばん》と英語版《えいごばん》の『おとひめさまのうた』は、たちまち世界中の人たちの関心《かんしん》をあつめた。

ダグマーラはバルト海から船をだして、ポーランド版《ばん》をつくった。パオラは地中《ちちゅう》海《かい》から船をだし、子ども合唱団《がっしょうだん》にかこまれ、フルートを吹《ふ》いているイタリア版《ばん》を配《はい》信《しん》した。リリーとリジーとサムエルは、シュテファン寺院《じいん》のまえで、ウィーン音楽学校の学生たちと、フラッシュモブを計画した。するとすぐに、世界中のまったく知らない子どもたちが動画をつくりはじめ、ユーチューブやティクトックにのせて、リクの動画やダグマーラやパオラやリリーたちの動画にリンクした。

ソラの言うとおりだった。デスクはモリヤマに「ザイーナをすくう」記事を書いてほしいとたのみにきた。全国紙《ぜんこくし》や国際版《こくさいばん》の新聞社《しんぶんしゃ》からも情報《じょうほう》がもっとほしいと、問い合わせがモリヤマのもとにきた。難民《なんみん》のことが話題《わだい》になり、難民《なんみん》への日本の方針《ほうしん》がワイドショーのテーマになった。ほかの国の子どもは、なぜ自分たちのクラスメイトになれないのか、隣人《りんじん》になれないのか、という子どもたちからの質問《しつもん》を地元《じもと》の議員《ぎいん》たちは無視《むし》できなくなっていった。

リクをとりかこむ世界がゆっくりとかわってゆく。そんななか、上演《じょうえん》の三週間まえのある日、ザイーナから二回目の電話があった。

「おじさんとおばさんはおくりかえされてしまったけど、わたしはリクのミュージカルの上演日《じょうえんび》までここにいていいことになったの。もし日本の国が日本へ旅行《りょこう》をみとめてくれるなら、ナイジェリアにおくりかえされない。今、ザルツブルクにマエストロといっしょにいるの。マエストロはあなたのミュージカルを見にいきたいとおもっているけど、やらなければいけないことが山ほどあってむりみたい。ああ、わたしもあなたの劇《げき》にでたかったなあ。リク、あなたは世界一のトライアングル奏者《そうしゃ》が、まだ必要《ひつよう》？」ザイーナはわらったが、ことばの裏《うら》にある深刻《しんこく》な状況《じょうきょう》をリクはかんじた。

希望《きぼう》のトライアングル

リクは劇《げき》の準備《じゅんび》をすすめてきた六人の友だちとソラと記者《きしゃ》のモリヤマに、ザイーナから二回目の電話があったとつたえた。

リクの部屋《へや》にいつもの六人の仲間《なかま》があつまった。

「じゃあ、タイムリミットは上演日《じょうえんび》のクリスマスイブってこと?」

「それまでに日本への飛行機《ひこうき》にのることができればいいってことね?」

「パスポートがないからだめだよ」

「パスポートがないと、ビザもとれないから、入国《にゅうこく》できない」

「ビザは入国許可証《にゅうこくきょかしょう》だからね」

「それじゃあ飛行機《ひこうき》にのれても、ビザがないなら、日本の空港《くうこう》からでられない」

「つまり、ぼくらの町にはこられないってことだ」

「ふう〜」と、大きなため息が聞こえた。

「だれ？　ため息なんかついている時間はないのに」

「なんとかしなくっちゃ」

「ザイーナのパスポートがあればいいんだろ」

「こうなったらパスポートを自分たちでつくるしかない」

「そうよ。ナイジェリアでもオーストリアでも、大人《おとな》がパスポートをつくらないなら、わたしたちがパスポートをつくって、ザイーナの身分を証明《しょうめい》してあげましょうよ」


「さあ、はじめよう。リク、きみのパスポートをもってきて見せて」

「ぼくのは日本のものだ。ザイーナならこれ。表紙《ひょうし》の色がちがう」リクは「ナイジェリアのパスポート」と入力《にゅうりょく》してさがしたパソコンの画面を見せた。

「これをまねたら偽造《ぎぞう》パスポートになるよ」

「偽造《ぎぞう》はしない」

「ぼくらがつくるのは、ぼくら子どもが発行《はっこう》する手作りパスポートだ」

「リクのを見ろよ。パスポートって、写真《しゃしん》と名前と生年月日《せいねんがっぴ》に、わけのわからない番号がつけられているだけじゃないか」

「じゃあ、リクが知っているザイーナのことをここにすべて書いて、ほんものの身分《みぶん》証明書《しょうめいしょ》をつくろう」
「それから嘆願書《たんがんしょ》も書きましょうよ」
「できあがったパスポートと嘆願書《たんがんしょ》と署名《しょめい》を速達便《そくたつびん》で外務省《がいむしょう》にとどけよう」

手作りパスポートのことを聞いたモリヤマがうごきだした。まず「ザイーナをすくう」の記事を書いたときに知りあった全国紙《ぜんこくし》の記者《きしゃ》にたすけをもとめた。全国紙《ぜんこくし》の記《き》者《しゃ》はつぎからつぎへと紹介《しょうかい》されていった人たちに連絡《れんらく》をとりつづけて、特別《とくべつ》の入国許《にゅうこくきょ》可《か》をだすことができる人を見つけた。

リクとソラと六人の子どもたちがさがしもとめていた大人《おとな》は、つなみで息子《むすこ》と妻《つま》と年老《としお》いた両親、大切《たいせつ》な家族を全員《ぜんいん》うしなった人だった。自分にのこされた仕事《しごと》をやりつづけて、今はある地位《ちい》にいて、リクたちにもザイーナにも共感《きょうかん》できる人だった。

「嘆願書《たんがんしょ》をよみました。手作りパスポートにはおどろいたよ。息子《むすこ》が今も生きていたら、いっしょにつくっただろうな」と目を細めて言いながら、ザイーナが入国《にゅうこく》するために必要《ひつよう》な証明書《しょうめいしょ》と書類《しょるい》をモリヤマにわたした。

「ありがとうございます」モリヤマはおじぎをしてから、ミュージカルのチケットをさしだした。「見にきてください。あなたの故郷《こきょう》で上演《じょうえん》されます」

モリヤマはザイーナが日本にくる計画をすすめた。だれにもなにも言わずに。


ついに『おとひめさまのうた』二幕《まく》と三幕《まく》の上演《じょうえん》とライブ配信《はいしん》の日がきた。

リクは友だち六人とソラと朝から準備《じゅんび》をはじめた。午前十時にイワオの兄と漁業《ぎょぎょう》組合青年部《くみあいせいねんぶ》の人がトラックで小学校からセットをはこび、舞台《ぶたい》づくりがはじまった。

舞台《ぶたい》をまえの部分とうしろの部分にわけるために、幕《まく》を天井《てんじょう》のレールにつるして、まえのほうに浜辺《はまべ》のセットをつくった。二幕《まく》がおわって、幕《まく》をあけると、舞台《ぶたい》の奥《おく》、うしろのほうにつくった竜宮城《りゅうぐうじょう》のセットがあらわれるようにした。

海の底《そこ》の竜宮城《りゅうぐうじょう》では、おとひめさまの玉座《ぎょくざ》をつくって、オーケストラの演奏《えんそう》ができるようにイスと譜面台《ふめんだい》をならべた。オーケストラのうしろに合唱団《がっしょうだん》が立ってならび、オーケストラの演奏《えんそう》でうたい、三幕《まく》がはじめられるような舞台《ぶたい》にした。

まず三幕《まく》の舞台《ぶたい》に、二幕《まく》のラストシーンから退場《たいじょう》した指揮棒《しきぼう》をもった男と、楽器《がっき》と招待状《しょうたいじょう》をもった子どもたちが登場《とうじょう》し、オーケストラにくわわる。

つぎに、クジラとイルカが世界中の海をさがし、招待状《しょうたいじょう》をとどけてつれてきた子どもたちが登場《とうじょう》し、歌をうたって歓迎《かんげい》の音楽のおかえしをする。

歌と演奏《えんそう》がおわり、譜面台《ふめんだい》がとりはらわれ、オーケストラのイスの半分が国際《こくさい》子ども会議《かいぎ》のイスにかわる。

竜宮城《りゅうぐうじょう》にいたオーケストラの団員《だんいん》の半分は舞台《ぶたい》から退場《たいじょう》して、観客席《かんきゃくせき》のまえで三幕《まく》のミュージカルのために演奏《えんそう》をする。オペラ上演《じょうえん》のように。

観客席《かんきゃくせき》のまえのオーケストラの演奏席《えんそうせき》のイスもならびおえて、舞台《ぶたい》が完成《かんせい》した。


午後になると、地元《じもと》の少年少女オーケストラの団員《だんいん》とママの合唱団《がっしょうだん》のメンバーと学校の合唱部《がっしょうぶ》もやってきて、最後《さいご》の練習をはじめた。

竜宮城《りゅうぐうじょう》にいる役の子どもたちもあつまり、リハーサルが午後二時からはじまった。

この役の子どもたちは小学校から借《か》りた『浦島太郎《うらしまたろう》』の衣装《いしょう》に着がえていた。

楽器《がっき》をもって海の底《そこ》へむかう役の子どもの衣装《いしょう》は、遺品《いひん》として大切《たいせつ》にしていたものを借《か》りた。リクがママと住所の家をおとずれると、今でもこの町にくらしている家族がほとんどで、ひっこしていった人はわずかだった。「海の底《そこ》にわが子がいるから、町をはなれられない」と声をつまらせた。

「わすれたくないのに、日がたつにつれ、思い出がうすらいでいくようで・・」と、ことばをつまらせたお母さんは、わが子が生まれたときからの記憶《きおく》をたどりながら、日記を書きつづけている。

「子どもを見つけたくて、ダイビングをならった」というお父さんがいた。仕事《しごと》が休みの毎週末《まいしゅうまつ》、海にもぐって娘《むすめ》をさがしつづけている。

衣装《いしょう》をだきしめて泣《な》きくずれてしまったお母さんをまえに、リクとママは玄関《げんかん》で立ったまま、泣《な》きやむのをじっと待ったこともあった。

そしてどの遺族《いぞく》も「波にのまれた子どものためにも、ザイーナさんにしあわせになってほしい。リクくん、がんばってね」と、衣装《いしょう》をさしだした。

これらの家族たちは今、この会場の観客席《かんきゃくせき》にいる。

まもなく夕方六時、いや、夜六時だ。外はすでに日がしずんでまっ暗だ。

雪が数時間まえからふりはじめ、今年はホワイトクリスマスになりそうだ。

一幕《まく》の映像《えいぞう》がうつしだされたあと幕《まく》があいて、二幕《まく》の浜辺《はまべ》に笛吹《ふえふ》き男を先頭《せんとう》に、おなじ衣装《いしょう》とおなじ仮面《かめん》をつけた村の子どもたちが登場《とうじょう》した。雷《かみなり》の音がひびきわたると同時に照明《しょうめい》がとつぜんきえて、まっ暗な舞台《ぶたい》にどしゃぶりの雨の音、男と子どもたちの「雨だ！」「ずぶぬれだ！」「きゃあ！」というさけび声。

合唱団《がっしょうだん》の歌声が聞こえる。これはリクのオリジナルだ。

「空から大粒《おおつぶ》の水、どしゃぶりの雨が男の心をあらいながした。

怒《いか》りにかられて復讐《ふくしゅう》をねがっていた男は笛《ふえ》をすてた。

男は指揮棒《しきぼう》をもって、愛《あい》にあふれたマエストロになった。

子どもたちは呪《のろ》いがとけたように、生まれたときの心にもどった。

もうネズミの群《む》れではない。

ひとりひとりちがう。

だれにもだまされない。

自分で考え、自分の意思《いし》をもつ。

それぞれが楽器《がっき》を手に、大波《おおなみ》の海にむかってゆく。

地球をすくうために、海の底《そこ》へもぐってゆく」

舞台《ぶたい》の浜辺《はまべ》に、ウミの絵とおなじ姿《すがた》の子どもたちがライトに照《て》らされていた。


つぎは三幕《まく》、舞台《ぶたい》の竜宮城《りゅうぐうじょう》では、おとひめさまと合唱団《がっしょうだん》の子どもたちと少年少女オーケストラの団員《だんいん》が緊張《きんちょう》した表情《ひょうじょう》で待っていた。

イワオ、アキラ、ケンジ、シノブはすでに舞台《ぶたい》にいた。ミナとユキはドキドキしながら出番を待って、舞台《ぶたい》の右わきにいた。この六人の中学生の衣装《いしょう》はあたらしくつくられた。

二幕《まく》でバイオリンをもって退場《たいじょう》したリクは、マエストロになった男とビオラをもった子どものあいだに立ち、舞台《ぶたい》の左わきで三幕《まく》の出番を待っていた。

ソラはなんでも屋で、責任者《せきにんしゃ》でもあり、監督《かんとく》でもあり、舞台《ぶたい》も舞台裏《ぶたいうら》もすべてを指《し》示《じ》した。ライブ配信《はいしん》はモリヤマの担当《たんとう》だ。

観客席《かんきゃくせき》のいちばんまえに、おじいちゃんとおばあちゃん、パパとママの姿《すがた》がある。

小学校三年生のときのクラス担任《たんにん》のエミコ先生も見えた。

演奏《えんそう》と歌声と同時に幕《まく》があいて、ミュージカル『おとひめさまのうた』の三幕《まく》がはじまり、ライブ配信《はいしん》がおこなわれた。

リクはバイオリンをひきながら海の底《そこ》へゆく少年を演《えん》じ、ミナとユキはクジラとイルカにのって、海の底《そこ》にやってくる役になって、国際子《こくさい》ども会議《かいぎ》で発言《はつげん》する少女をみごとな歌声で演《えん》じた。背中《せなか》に甲《こう》らをつけてカメになったイワオ、タコになったアキラ、ヒラメになったケンジ、サンゴになったシノブ、この四人の少年たちはセリフも歌もなく、おとひめさまをまもって、背景《はいけい》のように、衣装《いしょう》を着たままじっと立っているだけだったが、大事《だいじ》な役目だ。オーケストラでマエストロの助手《じょしゅ》として、銅像《どうぞう》のようにじっとすわっていたザイーナみたいに。

リクは夏の音楽合宿《おんがくがっしゅく》でのザイーナをおもいだしていた。今日《きょう》リクといっしょに登《とう》場《じょう》したトライアングルをもった少女は、ほんとうはザイーナに演《えん》じてほしかった。

リクは舞台《ぶたい》のオーケストラのイスをひとつ、空席《くうせき》にした。観客《かんきゃく》のだれもが、だれか欠席《けっせき》したのだろうとおもって、最後《さいご》まで見ていたはずだ。だからリクは、キャスト全員《ぜんいん》に「最後《さいご》にならんでおじぎをしないで舞台《ぶたい》をおりるように」と言った。

だれもすわっていないイスは人々《ひとびと》の心にとどくはずだ。これは希望《きぼう》のシンボルだ。

拍手《はくしゅ》がしだいに大きくなって、会場にひびきわたるのを聞きながら、キャスト全員《ぜんいん》が舞台《ぶたい》わきに立っていた。

なにが起きたの？

とつぜん観客《かんきゃく》がさけびはじめた。

「ようこそザイーナ、ウェルカム！」

ザイーナ！？

リクは舞台《ぶたい》にかけあがる。みんなもリクのあとにつづいた。

空席《くうせき》だったイスにザイーナがすわり、泣《な》いたりわらったりしながら、トライアングルをにぎりしめている。

ほんもののマエストロもザイーナのよこにいた。

リクはザイーナをだきしめた。カメラをむける人たちのフラッシュやライブ配信《はいしん》のことをわすれて、リクとザイーナはだきあい、ほおをよせあった。

マエストロが指揮棒《しきぼう》をあげて、「さあ、『おとひめさまのうた』をうたおう！」と、マイクにむかってさけんだ。

クリスマスイブに上演《じょうえん》された二幕《まく》と三幕《まく》のライブ配信《はいしん》は、ザイーナとマエストロが最後《さいご》に登場《とうじょう》したことで、大きな話題《わだい》になった。「ザイーナの居場所《いばしょ》を日本につくってあげて」と子どもたちが発信《はっしん》しはじめ、それは大きな波となってひろがった。子どもたちの反響《はんきょう》はさらに大きくなって、ほかの難民《なんみん》の子どもとその家族にもおなじように居場所《いばしょ》をつくってほしいというねがいになっていった。

リクの両親はザイーナを養子《ようし》にした。ふたりは家族になった。

リクたちの子ども会議《かいぎ》はつづいていた。うれしいことに、劇《げき》を上演《じょうえん》したコミュニティーセンターの舞台《ぶたい》が、子ども会議《かいぎ》の場として、いつでも、だれでもつかえるようになった。日時とテーマと代表者《だいひょうしゃ》を書いて、センターの事務局《じむきょく》に提出《ていしゅつ》するだけでいい。公開討論会《こうかいとうろんかい》だから、観客席《かんきゃくせき》のイスにすわって、舞台《ぶたい》での会議《かいぎ》を見られるし、聞けるし、手をあげれば発言《はつげん》できる。テーマが「みんなの理想《りそう》の町」のときは、町長を観客席《かんきゃくせき》にまねいた。このときはたくさんの大人《おとな》もきて、意見を言った。話してもかわらない世界はおわったのだ。

リクに二つの光景《こうけい》が見える。ひとつは、がれきの山とウミのいない町で、ひとりぼっちでバイオリンをひいている姿《すがた》。もうひとつは、うつくしい森と湖のある村で世界中からあつまった仲間《なかま》たちと演奏《えんそう》している姿《すがた》だ。リクの心は、人もことばも単一《たんいつ》より多様《たよう》をもとめていた。ひとつの音よりさまざまな音が耳にひびくことをもとめていた。ウミのノートの最後《さいご》のページ、あそこにえがかれている絵の世界だ。ザイーナの居場所《いばしょ》をこれから日本でつくることが、もとめている世界のはじまりの一歩《いっぽ》。ザイーナは大海《たいかい》にそそぐ一滴《いってき》の水だ。

この物語はフィクションですが、難民《なんみん》のことは考えていかなければならない、とても重要《じゅうよう》な問題です。今でも毎日のように安全《あんぜん》な居場所《いばしょ》をもとめて、子どもたちが海におぼれています。自分たちにできることをやりつづけたリクたちに拍手《はくしゅ》をおくり、こうした子どもたちの考えや行動に共感《きょうかん》する大人《おとな》―かつての子ども―が、ふえてくれることをねがっています。

いまむらきよみ

1957年新潟市生まれ。新潟大学人文学部卒業。共著のラヘル・ファン・コーイさんとは、1989年にオーストリアのクロスターノイブルク在住のときに知りあって以来の友人である。

ラヘル・ファン・コーイ（Rachel van Kooij：児童文学者）

1968年オランダのヴァーヘニンゲン生まれ。9歳のときにオーストリアに移住した。ウィーン大学で教育学、養護及び特殊教育学を学び、クロスターノイブルクで障害者支援をしながら、2000年から児童書を発表しつづけている。2006年オーストリア児童文学賞受賞。『宮廷のバルトロメ』（さ・え・ら書房）、『クララ先生、さようなら』（徳間書店）が日本でも翻訳されている。

安藤しおり

1984年山形市生まれ。武蔵工業大学（現在は東京都市大学）建築学科卒業。

おとひめさまのうた

発行日	2024年7月17日　初版第一刷発行
著　者	いまむらきよみ
装挿画	安藤しおり
発行者	佐相美佐枝
発行所	株式会社てらいんく
	〒215-0007　神奈川県川崎市麻生区向原3-14-7
	TEL　044-953-1828　　FAX　044-959-1803
	http://www.terrainc.co.jp/
印刷所	モリモト印刷株式会社

© Kiyomi Imamura 2024 Printed in Japan

ISBN978-4-86261-183-3　C8093

定価はカバーに表示してあります。
落丁・乱丁のお取り替えは送料小社負担でいたします。
購入書店名を明記のうえ、直接小社制作部までお送りください。

本書の一部または全部を無断で複写・複製・転載することを禁じます。